Hartmut Herrgesell

Wetterleuchten
(Erzählung)

***

Glück
(Kurzgeschichte)

Herstellung und Verlag: Books on Demand GmbH, Norderstedt
ISBN 3-8334-0720-4

So lange man zurückdenken konnte, hatte es Anfang Juni noch keine Hitzewelle mit Temperaturen über 30 Grad gegeben. Ostwestfalen lag förmlich unter einer Hitzeglocke begraben.

Am 6. Juni 1913 fieberte Ulrich Heidsiek der Ankunft seines alten Schulfreundes Wilhelm entgegen. Seit über zehn Jahren hatten sie sich nicht mehr gesehen. Während er auf dem väterlichen Hof am Rande von Herford verblieben war, hatte das Schicksal seinen Freund in die deutsche Reichshauptstadt verschlagen, wo er als Handelskaufmann in einem großen Lebensmittelkontor arbeitete. Eine Aufgabe, die wenig Privatleben zuließ.

In seiner Heimat hatte sich nicht viel verändert. Dennoch war Wilhelm gespannt, wie es dort wohl jetzt aussehen würde.

Regelmäßig hatten sich beide Freunde Briefe geschrieben. 1911 hatte Ulrich geheiratet.

Heute würde Wilhelm auch Ulrichs Frau Dorothee persönlich kennenlernen und so konnte er es kaum erwarten, dass der P 2 endlich den Bahnhof Herford erreichte.

*

Unerbittlich brannte die Sonne vom tiefblauen Firmament, kein Wölkchen zeigte sich. Über den Gleisanlagen des Herforder Bahnhofs flimmerte die Hitze. Der Zeiger der Uhr sprang auf 2.32. Pünktlich kam der Personenzug von Berlin Schlesischer Bahnhof mit quietschenden Bremsen zum Stehen. Türen wurden aufgerissen. Zahlreiche Reisende stiegen aus.

Ulrich stand zugmittig und schaute unruhig hin und her. War sein Freund Wilhelm nicht dabei, oder hatte er gar den Zug versäumt?

Plötzlich tippte ihm jemand auf die Schulter. Erschrocken blickte sich Ulrich um.

„Wilhelm, ich fasse es nicht! Du bist ja ein richtiger Stadtmensch geworden. Kaum wiederzuerkennen."

„Und du hast dich kaum verändert. Aber nun erst einmal ein herzliches 'Guten Tag' mein Lieber, und vielen Dank für die Einladung, über die ich mich ganz riesig gefreut habe."

„Die Freude ist ganz auf meiner Seite."

Beide drückten sich kräftig die Hand.

Vor dem Bahnhof erwartete sie Ulrichs Vater Gerold auf seinem Fuhrwerk. Er hatte seinen Rappen vorgespannt , sein bestes Pferd. Auch er war über die Erscheinung Wilhelms sehr überrascht.

„Dürfen wir sie denn überhaupt auf solch einem Gefährt mitnehmen? Aus unserer Hauptstadt sind sie doch sicherlich Besseres gewöhnt?"

„Auch dort gibt es noch Pferdefuhrwerke," Wilhelm lachte, „bei dieser Hitze ist mir ein solches Gespann lieber als eines der neumodischen Automobile."

„Na, dann sitzt auf. Meine Frau und Dorothee warten schon auf euch und haben eine Erfrischung vorbereitet. Nach der langen Reise müssen sie doch hungrig sein?"

„Vorallem durstig," ergänzte Wilhelm.

„Diesem Problem können wir abhelfen."

„Habt ihr noch den schönen Brunnen mit dem herrlichen Wasser?

„Aber klar, was dachtest du denn, Wilhelm."

„Na dann nichts wie los."

Langsam setzte sich das Gefährt in Bewegung und nahm Kurs auf die Altstädter Feldmark vor den Toren Herfords. Zwischen stolzen Bürgerhäusern hallte lautes

Pferdegetrappel. Hocherhobenen Hauptes lenkte Gerold Heidsiek sein Gespann, als habe er eine hochgestellte Persönlichkeit zu befördern.

*

Das stattliche Anwesen der Heidsieks lag eingebettet in eine hügelige Landschaft. Eine große Linde bildete den Mittelpunkt, um den sich das Haupthaus, das Stallgebäude und das mit einem Uhrtürmchen versehene Wirtschaftsgebäude rankte. Ein Obstgarten schloß sich an, zwischen einem kleinen Flüsschen, dem Heidsiekbach und dem Haupthaus ein ausgedehntes Gartengrundstück mit einer kleinen Laube, das sowohl wirtschaftlich als auch zu Freizeitzwecken genutzt wurde. Hier befand sich auch das Reich der Jungbäuerin, die dort Gemüse anbaute und Blumen zog.

Die Luft stand. Es war still auf dem Anwesen. Nur das Brünnlein unter der Linde inmitten des großen Hofes plätscherte unentwegt vor sich hin, als der Knecht Matthes das Wirtschaftsgebäude verließ, wo er eine kleine Kammer sein eigen nennen durfte. Er blickte zum Himmel. Kein Wölkchen war zu sehen. Aus dem Gesicht wischte er einige Schweißperlen. Dann vernahm er ein sich näherndes Fuhrwerk.

Wenig später erklomm das Gespann des Hofbesitzers die steile Rampe zum Gehöft und kam zwischen Linde und Haupthaus zum Stehen.

„Das passt ja sehr gut," freute sich Gerold Heidsiek, als es seinen Knecht Matthes erblickte, „du kannst gleich den Rappen abspannen. Dann hast du für heute Feierabend. Morgen willst du doch deine Mutter in Vilsendorf besuchen. Vielleicht musst du dafür noch etwas vorbereiten?"

„Herzlichen Dank für ihre Güte, Bauer."

Ulrich und Wilhelm waren inzwischen von ihrem Gefährt abgestiegen. Während Wilhelm den Knecht begrüßte und mit ihm einige Worte wechselte, kümmerte sich Ulrich um das Gepäck und trug es auf die Deele des Hauptgebäudes. Der Altbauer folgte ihm und wunderte sich, dass weder seine Frau noch seine Schwiegertochter zu sehen waren. Auch von Heiko, dem Münsterländer, ganzer Stolz seines Sohnes Ulrich, keine Spur. Sicherlich streunte er wieder durch die Umgebung.

*

Eine Stunde nach ihrer Ankunft hatte sich die Heidsiek-Familie mit ihrem Gast aus der Reichshauptstadt im Wohnzimmer versammelt und genossen frisch gebrühten Kaffee und aßen selbstgebackenen Topfkuchen, der besonders Wilhelm schmeckte. Ein solch guter Kuchen war ihm in Berlin noch nicht begegnet und sprach ein besonderes Lob aus.

„Ja, auch auf dem Land lässt es sich leben," entgegnete Lina Heidsiek sichtlich gerührt und entschuldigte sich, auch im Namen der Jungbäuering Dorothee, dass sie nicht zur Begrüßung auf dem Hof anwesend waren. Über die Feldarbeit hatte sie leider die Zeit vergessen. Sie wollten das Deelentor auch mit frischem Birkengrün als Willkommensgruß geschmückt haben. Bei der Hitze dieser Tage hätte das nur kurzfristig geschehen können.

„Heute haben wir noch viel vor, Wilhelm." Ulrich lächelte verschmitzt. „Ich denke, du freust dich sicherlich alte Bekannte wiederzusehen?"

„Und ob."

„Zunächst werden wir Mara besuchen. Wie du weißt, hat sie inzwischen auch geheiratet und hat zwei Kinder. Allerdings lastet Sorge über ihrem Haus."

„Wie darf ich das verstehen.?" Wilhelm blickte seinen Freund fragend an.

„Du sollst es selbst herausfinden." Über Ulrichs Gesicht huschte ein Schatten. „Aber dann wird's sicherlich ganz schön werden. In der Dorfschänke von Fritz Niemeier werden wir unseren alten, inzwischen pensionierten, Klassenlehrer Kütemeier treffen, der darauf neugierig ist, was aus dir geworden ist. Auch interessiert ihn, wie man die politische Lage in Berlin einschätzt."

„Dann wird es sicherlich mit euch beiden spät werden," mischte sich Dorothee in das Gespräch ein.

„Auf jeden Fall. Wir werden in der Schänke auch eine Kleinigkeit essen. Ihr müsst nicht auf uns warten."

„Aber, Ulrich," der Altbauer Gerold Heidsiek meldete sich zu Wort, „vergiß nicht, dass wir morgen auf den Acker müssen. Wir wollen früh anfangen, bevor die Hitze wieder unerträglich wird."

„Und was ist mit Matthes?"

„Der besucht morgen seine Mutter in Vilsendorf. Wir müssen allein schaffen."

„Und abends gibt es dann ein festliches Abendessen anlässlich ihres lieben Besuches, Wilhelm," freute sich Lina Heidsiek mitteilen zu können.

„Aber erst wollen wir noch zum Gottesdienst, den Pastor Rosenhäger abhalten wird," bemerkte Ulrich. Beide waren von ihm konfirmiert worden.

„Wie ich feststellen muß, habt ihr euch ja viel anlässlich meines Besuches einfallen lassen." Wilhelm wirkte überrascht.

„Nun, ein solches Wiedersehen muß doch auch gefeiert werden. Zehn Jahre haben wir uns schließlich nicht gesehen."

„Wilhelm, sie müssen uns auch noch viel von Berlin erzählen. Unsereins ist ja noch nie aus Herford herausgekommen," bemerkte Lina Heidsiek abschließend.

„Aber natürlich. In den nächsten Tagen haben wir hoffentlich noch oft Gelegenheit dazu."

Die Kaffeetafel wurde aufgehoben.

*

Wenig später befanden sich Ulrich und Wilhelm bereits auf dem Weg zu ihrer gemeinsamen Schulfreundin Mara, die mit ihrer Familie ein kleines Haus am Rande von Elverdissen bewohnte, wo ihr Mann Waldemar eine Schmiede betrieb.

„Zu Dorothee kann man dir nur gratulieren, Ulrich. Echt eine liebe und vor allem schöne Frau. Du bist um soviel Glück direkt zu beneiden."

„Ja, aber so einfach war es nicht mit uns, mein Lieber. Ich habe dir einige Hintergründe nicht geschrieben, weil ich dachte, dass es besser sei, wenn ich dir alles persönlich erzähle."

„Du machst mich echt neugierig."

„Es ist nicht alles Gold was glänzt."

Wilhelm schwieg und dachte sich sein Teil. Nach dem ersten Zusammentreffen konnte er sich nicht vorstellen, dass seine Ehe Probleme überschatteten. Nun, recht bald würde er es wohl erfahren. Er wollte Ulrich in diesem Moment nicht bedrängen. Sie hatten ja noch einige gemeinsame Tage vor sich.

Bald hatten beide das Anwesen der Familie Hochkamp erreicht. Aus der Schmiede vernahm man klopfende Geräusche. Mara's Mann war bei der Arbeit. Sie wollten ihn nicht stören.

Vor dem Haus spielte ein kleines Mädchen mit einem Kätzchen.

„Das ist Emilie, von der ich dir geschrieben habe."

„Hallo, Onkel Ulrich." Freudig kam ihnen Emilie entgegen. „Wen hast du denn da mitgebracht?"

„Einen gemeinsamen Schulfreund von deiner Mutter und mir."

„Au fein." Sie lief ins Haus, um von der Ankunft zu berichten.

Ulrich und Wilhelm folgten ihr langsam und betraten den Flur, wo sie Mara direkt in die Arme liefen, die sich an einer Schürze die Hände abwischte.

„Welch eine Freude, dich wiederzusehen, Wilhelm. Herzlich willkommen. Entschuldigt meinen Aufzug. Ich bin mit meiner Mutter gerade beim Bohnen einmachen. Geht doch schon einmal in die Stube. Ulrich, du kennst dich ja gut aus. Ich hole euch schnell etwas zu trinken. Ihr mögt doch sicherlich eine Himbeerlimonade?"

„Mach dir aber keine zu großen Umstände, Mara."

„Bei dieser großen Hitze tut eine Erfrischung gut." Und schon war sie wieder in der Küche verschwunden.

Wilhelm folgte Ulrich inzwischen in die Stube.

An einem Tischchen saß am geöffneten Fenster ein kleiner Junge, bleich im Gesicht, und schnitzte an einem Stück Holz. An seinem Stuhl lehnte eine Krücke.

Was hatte das zu bedeuten? Wilhelm blickte Ulrich fragend an und der gab ihm zu verstehen, jetzt besser nichts zu sagen.

„Onkel Ulrich, wie schön das du wieder einmal zu uns kommst." Das Gesicht des Jungen begann freudig zu leuchten.

„Heute habe ich einen Schulfreund mitgebracht, der auch deine Mutter gut kennt. Was machst du denn da Schönes?"

„Ich mache einen Kochlöffel für meine Mutter."

„Darüber wird sie sich aber sehr freuen."

Mara trat mit Getränken in die Stube. Ihre Schürze hatte sie abgelegt.

„Ja, Gustav unser kleiner Sonnenschein ist für sein Alter ganz schön tüchtig."

Wilhelm schwieg. Irgendetwas stimmte hier nicht. Aber direkte Fragen wollte er in

diesem Moment auch nicht stellen. Sicherlich würde er es auch so bald erfahren.

Durch das geöffnete Fenster drangen Vogelstimmen zu ihnen herein.

Ulrich stupste seinen Freund an und flüsterte ihm zu. „Der Junge ist schwer krank.

Später mehr."

Wilhelm hatte sofort verstanden und tat als ob die Situation völlig alltäglich sei.

Sichtlich erfreut nahm er einen großen Schluck Limonade zu sich.

„Ja, dieses Getränk ist schließlich auch selbst gemacht mit frischen Himbeeren aus

dem eigenen Garten."

Auch dem kleine Gustav schmeckte es, nachdenklich beobachtet von seiner Mutter,

die schließlich meinte: „Lassen wir Gustav doch noch ein wenig allein. Meine Mutter

erwartet dich. Sie ist in der Küche."

Else Sassmann war am Bohnen einmachen und freute sich ebenso sehr über das

Wiedersehen mit einem ihr gut bekannten lieben Menschen.

„Ja, Wilhelm, bei uns ist die Zeit regelrecht stehengeblieben."

„Es hat sich wirklich nicht viel geändert. Das muß ich zugeben."

„Aber Vater ist tot." Sie seufzte.

„Dafür haben wir jetzt aber zwei liebe Enkelkinder."

„Ja, das stimmt. Sie machen mir auch viel Freude."

Hinter ihnen öffnete sich die Tür und Gustav kam auf seine Krücke gestützt hereinge-

humpelt.

„Na, Gustav, allein ist dir wohl langweilig?" begrüßte ihn Frau Sassmann. „Ich mache

gerade Bohnen ein, die magst du doch so gern." Andererseits wusste sie aber auch,

dass er von Tag zu Tag weniger aß, von Tag zu Tag schwächer wurde. Ihr Hausarzt

stand auch vor einem Rätsel. Die Medizin hatte noch Grenzen. Dennoch, man hoffte
immer noch auf eine Wende.

Wilhelm begann ein wenig über seine neue Heimat zu erzählen ....

Plötzlich ein dumpfer Knall. Erschrockene Blicke. Der kleine Gustav war zu Boden
gefallen und begann zu weinen.

Mara versuchte ihm wieder auf die Beine zu helfen.

„Mein Schatz, was ist nur wieder mit dir? Hast du Schmerzen?"

„Nein, mir ist plötzlich schwindelig geworden."

Mara und ihre Mutter tauschten besorgte Blicke. Ulrich sah ernst zu seinem Freund
herüber, dessen Gesicht wie versteinert wirkte. Wilhelm fühlte sich hilflos, eiskalt lief
es ihm den Rücken herunter. Noch nie zuvor in seinem Leben hatte er sich in einer
solchen Situation befunden. Zusehen und nicht helfen können, das war bitter. Eine
Träne rann über seine Wange. Verstohlen wischte er sie fort, verharrte regungslos.
Für einen kurzen Moment war es ganz still, lediglich der Wasserhahn tropfte eintönig.
Mara hatte ihren Sohn Gustav in den Arm genommen, der ängstlich zu ihr herauf-
blickte.

„Ach, Gustav, mein kleiner Schatz." Sie seufzte. „Es wird schon alles wieder gut."
Eigentlich glaubte sie an das Gesagte selbst nicht, aber die Hoffnung auf eine über-
raschende Wendung zum Guten hin hatte Mara noch nicht aufgegeben. Die Hoffnung stirbt zuletzt.

„Mara, du solltest Georg rufen," meinte Frau Sassmann mit sorgenvollem Gesicht.

„Ja, Mutter, da hast du sicherlich recht."

Mara verließ die Küche.

Gustav saß nun auf einem Hocker neben seiner Großmutter.

„Du machst vielleicht Sachen." Sie strich über sein blondes Haar, wollte ihn ein wenig

trösten. „Du musst wieder ganz kräftig werden und vor allem immer brav essen. Ver-

sprichst du mir das?"

Gustav nickte und begann dann wieder zu weinen. Sicherlich fühlte er, dass es mit

ihm stetig bergab ging. Hatte er gar Todesängste? Nur solch eine Frage musste na-

türlich stets unausgesprochen bleiben.

Ulrich und Wilhelm schwiegen und wirkten sichtlich erschüttert.

„Ich glaube," meinte Ulrich schließlich leise zu seinem Freund, „wir sollten bald auf-

brechen."

Wilhelm nickte ihm unmerklich zu.

„Onkel Ulrich," Gustav hatte sich schnell wieder gefangen, „du hast mir versprochen,

mit mir nächste Woche auf den Jahrmarkt zu gehen."

„Aber natürlich, versprochen ist versprochen."

Vielleicht tat es Gustav gut, gab ihm Kraft, wenn er ein Ziel hatte, auf das er sich

freuen konnte.

Frau Sassmann zuckte stumm mit den Achseln. Sie hatte schon längst die Hoffnung

auf Besserung aufgegeben und wusste keinerlei Rat mehr.

Dann kehrte Mara mit ihrem Mann zurück. Beide machten ein bedrücktes Gesicht.

„Herzlich willkommen, Hauptstädter." Waldemar Hochkamp gab sich Mühe ein wenig

locker zu wirken, was ihm aber nicht gelang. „Gustav, ich glaube, du solltest nun zu

Bett gehen. Wer viel arbeitet muß auch einmal ausruhen, oder? Wenn du richtig aus-

geschlafen hast, dann geht es dir sicherlich morgen wieder viel besser."

„Wilhelm bleibt noch einige Tage bei uns." Ulrich mischte sich ein. „Wir kommen

beide einmal wieder wenn es gelegener ist."

„Das ist ein Wort." Mara wirkte erleichtert. „Wir wollen doch auch ein wenig vom Großstadtleben erfahren."

Nach einer herzlichen Verabschiedung verließen Ulrich und Wilhelm das Haus.

Emilie spielte immer noch mit ihrem Kätzchen.

„Onkel Ulrich, gehst du schon wieder?"

„Ja, Gustav geht es heute nicht gut. Aber wir kommen ja bald wieder."

„Au fein, dann backt Mutter sicherlich einen großen Kuchen für uns."

„Natürlich."

*

Beide Freunde nahmen nun Kurs auf die Dorfschänke, wo sie ihren alten Lehrer Heinrich Kütemeier wiedersehen wollten, der dort oft zu Gast war. Er interessierte sich sehr für das Schicksal seiner ehemaligen Schüler und freute sich immer, wenn er den einen oder anderen einmal wieder traf.

„Ulrich, ich bin regelrecht erschrocken."

„Ja, wer ist das nicht. Gustav ist unheilbar krank. Man vermutet Leukämie."

„Also Blutkrebs. Dagegen gibt es noch kein Mittel."

„Wem sagst du das. Aber man darf Mara und Waldemar die Hoffnung nicht nehmen. Sie hängen doch an Gustav wie auch an Emilie und würden alles geben für einen Deut Besserung. So schlimm wie heute habe ich es noch nicht erlebt."

Wilhelm schwieg. Eine beruhigende Antwort wusste er nicht zu geben.

Sie hatten die Dorfschänke erreicht.

*

Hinter der Theke stand wie eh und je der Schankwirt Fritz Niemeier , nur, er war älter geworden. Unterstützt wurde er durch seine Tochter Dora, die den guten Geist verkörperte, mal in der Gaststube aushalf, mal im Reich der Wirtin, in der Küche.

Große Freude herrschte über den Besuch des hohen Gastes aus der Reichshaupt-stadt, besonders natürlich beim ehemaligen Lehrer, der gerade mit Pastor Rosen-häger in ein Gespräch vertieft war. Zwei Krüge Gerstensaft hatten sie schon zu sich genommen.

„Willkommen in der Heimat, Wilhelm", begrüßte ihn sein ehemaliger Lehrer mit einem kräftigen Händedruck, „und über ein Wiedersehen mit ihrem Freund Ulrich freue ich mich natürlich auch. Wir haben uns schon lange nicht mehr gesehen."

„Nun, die tägliche Arbeit vergönnt mir nicht viel Freizeit. Mein Leben wird durch die Landwirtschaft bestimmt."

Nicht weniger herzlich wurde Wilhelm auch von Pastor Rosenhäger begrüßt.

Ulrich und er waren ja von ihm konfirmiert worden.

Er entschuldigte sich, nun aufbrechen zu müssen, da er am morgigen Spätnachmit-tag einen Sommergottesdienst abhalten wollte, zu dem er noch einiges vorbereiten müsse. Gleichzeitig lud er Ulrich und Wilhelm nochmals zur Teilnahme ein.

„Es wird sicherlich sehr schön werden."

Mit diesen Worten verabschiedete sich Pastor Rosenhäger und verließ die Schänke.

Ulrich und Wilhelm waren nun mit ihrem ehemaligen Lehrer allein und es entwickelte sich zwischen Herrn Kütemeier und Wilhelm eine recht freimütige, politische Diskus-sion, die Ulrich aufmerksam und gespannt verfolgte. Zum Thema Politik wusste er aber nichts beizusteuern.

Doch zunächst wurde erst einmal eine neue runde Gerstensaft geordert, die die Wirtstochter Dora in Steinkrügen auftrug. Dann verschwand sie in der Küche.

Ulrich und Wilhelm hatten natürlich auch ein wenig Hunger und bestellten zwei Nierlein, reich umkränzt mit Petersilie auf frischem Landbrot, die Spezialität der Dorf-

schänke, die beide mit sichtlichem Genuß verzehrten.

„So etwas Gutes gibt es in Berlin nicht," meinte Wilhelm, nachdem er seine Mahlzeit

beendet hatte, „so gut hat es mir lange nicht mehr geschmeckt."

Die drei prosteten sich mit einem Wacholder zu, den ihr Lehrer aus Anlaß dieses

Wiedersehens ausgegeben hatte und wandte sich dann ein wenig neugierig, als

könne er es kaum noch erwarten, an Wilhelm:

„Nun, wie lebt es sich denn nun in unserer Hauptstadt? Bereut er nicht den Schritt

seiner Heimat den Rücken gekehrt zu haben?"

„Ein gewisses Heimweh kann ich nicht verhehlen und so habe ich mich schon lange

auf diesen Besuch gefreut. Aber mein heutiges Leben ist nun um ein Vielfaches

reicher an Eindrücken und täglichen Herausforderungen. Gerade die Bewältigung

vieler neuer Probleme bereitet mir am meisten Freude.

„Was macht er denn jetzt eigentlich?"

„Ich arbeite in einem großen Lebensmittelkontor. Keine leichte Aufgabe. Aber ich bin

zufrieden und bisweilen sehe ich sogar ein bisschen von der Welt. Am 23. Mai ver-

gangenen Jahres hatte ich sogar Gelegenheit in Hamburg am Stapellauf der „Impe-

rator" teilzunehmen. Das war ein unvergessliches Erlebnis."

„Das kann ich mir gut vorstellen. Die „Imperator" gilt schließlich als das größte je ge-

baute Passagierschiff."

„Nach der „Titanic"." Wilhelm grinste. „Aber unser Schiff wird niemals sinken."

„Noch immer liegt es auf der Werft."

„Natürlich lernt man aus Fehlern. Und wenn man noch etwas für die Sicherheit tun

kann, dann sollte man es auch nicht versäumen. Wir werden den Engländern schon zeigen, dass wir es besser können."

„Unsere Schiffspolitik belastet aber auch unsere Beziehungen zu Großbritanien:"

„Das sehe ich nicht so. Unser Kaiserreich ist schließlich ein Weltmacht und einer solchen steht eine entsprechende Flotte auch zu. Wir haben schließlich auch überseeische Kolonien. Das müssen die anderen Kolonialmächte akzeptieren. Wir dürfen uns nicht in Zurückhaltung üben, die man womöglich als Schwäche deuten könnte, ganz im Gegenteil."

Lehrer Kütemeier seufzte. „Aber die politische Gesamtlage ist alles andere als erfreulich. Der Balkan kommt nicht zur Ruhe."

„Ja, die beiden Balkankriege haben viel Staub aufgewirbelt, aber ich denke, dass dort nun bald Ruhe einkehrt. Die Türken sind fast vollständig vertrieben worden."

„Aber die Slawen streben nach Unabhängigkeit und werden von Russland unterstützt. Dieses Ziel werden insbesondere die Serben nicht aufgeben. Die österreichische Expansionspolitik ist ihnen ein Dorn im Auge."

„Nur, unter österreichisch-ungarischem Schutz haben viele Slawen noch nie besser gelebt. Und, soweit mir bekannt, plant der Thronfolger Franz-Ferdinand ja eine bundesstaatliche Ordnung, die den Völkern der Donaumonarchie mehr Autonomie zugestehen soll. Das deutsche System lässt sich sicherlich übertragen. Selbst Elsaß-Lothringen ist seit zwei Jahren ein gleichberechtigter Reichsteil."

„Aber Österreich-Ungarn ist nicht Deutschland," warf Lehrer Kütemeier ein, „seine Völker sind wesentlich unterschiedlicher. Es gab zwar einen historisch zu wertenden Ausgleich zwischen Österreich und Ungarn. Dem hat Kaiser Franz-Joseph allerdings nur zähneknirschend zugestimmt,"

„Auf jeden Fall war es ein zukunftsweisender Schritt. Das deutsche Reich ist auch nicht von jetzt auf gleich erstanden."

„Dennoch, die Slawen fühlen sich von Wien und Budapest unterjocht. Die werden eines Tages eigene Staaten fordern."

„Das wird sich die Doppelmonarchie aber nicht bieten lassen. Ich setze da mein volles Vertrauen auf den Thronfolger, der mit seiner Meinung nicht allein dasteht."

„Nur von einem stabilen Staatsgebilde wie bei uns sind unsere Nachbarn noch weit entfernt. Das muß er doch zugeben?"

„Ich will diese Tatsache auch nicht verharmlosen, aber ich denke, die Zukunft wird uns eines Besseren belehren. Das Österreich-Ungarn nach Kaiser Franz-Joseph wird es schon verstehen, alle seine Völker auf Linie zu bringen. Besseres können sie sich wohl kaum wünschen. Wenn nicht heute, dann eben morgen werden sie davon überzeugt sein. Auch unser Bündnispartner wird seine Weltmachtposition zu behaupten und zu stärken wissen. Wir müssen gemeinsam der Welt deutlich machen, dass wir Mächten wie Frankreich, Großbritannien oder Russland durchaus ebenbürtig und gleichberechtigt sind und keinen Vergleich scheuen müssen und auf nichts verzichten werden, was anderen recht und billig ist."

„Ob wir dabei aber stets eine glückliche Hand haben?" Lehrer Kütemeier wirkte nachdenklich und zündete sich eine Zigarre an. „Eine echte Brasil. Solches gönne ich mir nur zu besonderen Anlässen."

Wilhelm fühlte sich in diesem Moment ein wenig geschmeichelt. „Und der ist heute?"

„Ja, selten hat man auf dem Lande Gelegenheit einmal offen und freimütig über die aktuelle Weltpolitik zu sprechen. Hier in der tiefsten Provinz bewegt sich nichts. Im Gegensatz zu ihm ist man fernab vom Geschehen."

Dora setzte drei neue Bierkrüge ab. Das Gespräch machte durstig.

Ulrich schwieg noch immer, verfolgte aber mit sichtlich großem Interesse die Unterhaltung, die ihm viel Neues offenbarte.

„Wo waren wir stehen geblieben?" setzte Lehrer Kütemeier das Gespräch fort.

„Bei unserer Außenpolitik."

„Was hat uns denn der Panthersprung nach Agadir gebracht?"

„Neuen Kolonialbesitz in Afrika."

„Völlig wertloses Gelände."

„Man kann nicht immer nur Sahnestücke ergattern."

„Ich glaube vielmehr, dass Frankreich viel mehr gewonnen hat. Jetzt ist es Protektor von Marokko. Allgemein sieht man uns eher als einen permanenten Störenfried."

„Das sehe ich nicht so. Vielmehr ist den anderen Mächten deutlich bewusst geworden, dass wir in der Weltpolitik auch ein gewichtiges Wort mitzureden haben, so wie es einer Weltmacht nun einmal zusteht."

„Aber Freunde machen wir uns mit solchen Aktivitäten nicht gerade. Ich sehe schon eine unheilvolle Allianz Frankreich-Großbritanien-Rußland auf uns zukommen. Das alte bismarcksche Bündnissystem gibt es nicht mehr. Im Ernstfall können wir nur auf ein schwaches, in sich zerstrittenes, Österreich-Ungarn zählen."

„Und auf Italien. Vergessen sie nicht den Dreibund."

„Den Italienern traue ich auf Dauer nicht. Sie beanspruchen Gebiete von Österreich-Ungarn und wenn sie eine Chance wittern ..., auch Frankreich hat uns die Abtretung von Elsaß-Lothringen nie verziehen. Ich hege da, so meine ich schon begründet, verschiedene Sorgen für die Zukunft."

„Sicherlich ist etwas Wahres daran. Aber 1913 ist nicht 1870. Bedenken sie bitte, ein weitgehend noch uneiniges Staatsgebilde besaß soviel militärische Kraft Frankreich niederzuwerfen. Seitdem ist unsere Stärke um ein Vielfaches gewachsen und dürfte

jeglicher Konfrontation gewachsen sein. Für Frankreich exsistiert der Plan des Gene-

rals Schlieffen, mit dem unser westlicher Nachbar in wenigen Tagen besiegt sein

dürfte, eher als ein vermeintlicher Partner sich im Osten überhaupt auf solch eine

Lage einstellen und gegen uns mobilisieren kann, von Großbritanien ganz zu schwei-

gen. Dazu ist unser Kaiser mit den englischen und russischen Dynastien auch noch

verwandt. Unter Verwandten wird man sich wohl nicht angreifen. Ich denke, dass wir

es lediglich, mit Frankreich zu tun bekommen könnten und denen sind wir haushoch

überlegen und vor allem sehr gut vorbereitet."

„Er hat ein sehr hohes Vertrauen in unser Reich, wie ich feststellen muß."

„Ich bin der Überzeugung, dass man das zurecht haben darf. Größe wurde niemand

geschenkt. Sie fällt einem nicht in den Schoß. Man muß sich dafür einsetzen und

kämpfen, wie wir es für die Einheit unseres Reiches in vergangenen Jahrhundert

auch getan haben, auch wenn es anderen Mächten nicht sonderlich gefallen hat,

Warum sollten wir unseren eingeschlagenen Weg also nicht fortsetzen? Was spricht

dagegen? Der stete Erfolg ist doch ein eindrucksvoller Beweis. Wir haben doch viel

erreicht, oder?"

„Wilhelm, ich sehe, er ist ein wahrer Patriot, der an unser Land unerschütterlich

glaubt. Ich wünschte mir, dass er recht behielte."

„Verwerflich wäre es wohl, wenn es anders sei. Ich bin Realist. Um Deutschland

mache ich mir unter den jetzigen Bedingungen keinerlei Sorgen. Und wenn wir

eines Tages wirklich einmal kämpfen müssen, ganz gleich gegen wen, dann können

wir das auch."

Ulrich wirkte tief beeindruckt, schwieg sich aber noch immer aus. Im Grunde teilte er auch die Ansichten seines Freundes und überhörte dabei die unterschwelligen Warnungen seines alten Lehrers, der nicht so zuversichtlich in die Zukunft zu blicken vermochte.

„Und gefällt ihm Berlin auch außerhalb der täglichen Arbeit?"

Lehrer Kütemeier wechselte das Thema.

„Natürlich. Vorallem genieße ich dort das vielseitige kulturelle Leben. Anläßlich der Heirat der Kaisertochter Viktoria-Luise mit Prinz Ernst-August von Braunschweig am 24. Mai habe ich sogar einmal unser Kaiserpaar persönlich gesehen. Das war für mich ein großer Tag."

„Da kann man direkt neidisch werden," unterbrach Ulrich sein langes Schweigen.

„Ja, ja, die Provinz", seufzte Lehrer Kütemeier, „unser heutiges Gespräch war auf jeden Fall eine große Bereicherung für mich. Ich kann nur hoffen, dass er mit seiner Meinung rechtbehalten wird." Er leerte seinen Bierkrug. „Vielleicht haben wir nochmals Gelegenheit zu einem weiteren Gespräch. Es würde mich sehr freuen."

„Aber sicher, ich bleibe noch eine Woche."

„Ja, aber nun müssen wir auch wirklich aufbrechen," meinte Ulrich, „daheim macht man sich sicherlich schon Sorgen um uns."

Die Gaststube hatte sich inzwischen auch geleert und Wirt und Tochter freuten sich nun auf ihren wohlverdienten Feierabend.

Lehrer Kütemeier bezahlte bei Dora die Gesamtrechnung.

„Ich hoffe, ihr habt nichts dagegen, wenn ich euch heute einladen durfte?"

Wilhelm und Ulrich willigten vielmals dankend ein.

Bevor sie sich endgültig von einander trennten, standen sie noch ein wenig unter der Linde vor der Schänke.

„Morgen haben wir Vollmond," bemerkte Lehrer Kütemeier, als er zum Himmel blickte. Die Mondscheibe war durch einige gespenstisch wirkende Wolkenstreifen verdeckt. „Wenn sich nur bald ein wenig Abkühlung einstellen würde. Die momentane Hitzewelle ist für Mensch und Tier unerträglich."

„Hoffen wir es," ergänzte Ulrich, „ich fürchte, dass es bald ein kräftiges Gewitter geben wird. So schwül wie in diesen Tagen war es noch nie."

*

Recht bald hatten Ulrich und Wilhelm die letzten Häuser von Elverdissen hinter sich gelassen. Der Duft von frisch gemähtem Heu umwölkte sie. Das Mondlicht verlieh der Nacht einen Hauch von Silber. Wie auf dunkelblauem Tuch gezeichnet hob sich der bewaldete Bergrücken des Stuckenberges jenseits der vor ihnen liegenden Tallandschaft ab. Ein leichter Wind war aufgekommen. Grillen zirpten. Vom Elverdisser Kirchturm schlug es Zehn.

„Es wird höchste Zeit, dass wir heimkommen."

„Morgen ist auch noch ein Tag."

„Wir werden wieder viel vorhaben. Zunächst muß ich mit dem Vater aufs Feld ...."

„Anschließend wollen wir zum Gottesdienst von Pastor Rosenhäger, auf den ich mich schon sehr freue", ergänzte Wilhelm, „ich muß dir leider beichten, dass ich schon lange nicht mehr in der Kirche war. Das Großstadtleben hat mich richtig verweltlicht."

„Das habe ich heute abend richtig feststellen können. In der Politik scheinst du dich ja genau auszukennen. Ich hoffe auch, dass du recht behalten mögest. Wie du sicherlich den Worten unseres alten Lehrers bemerkt haben dürftest, sieht man nicht überall die Zukunft rosig."

„Nun, unser Lehrer kommt aus einer ganz anderen Generation."

„Da magst du rechthaben."

Beide hatten nun den Heidsiekhof erreicht, der still im Dunkel der Nacht ruhte. Alle Bewohner hatten sich dort inzwischen zur Ruhe begeben.

„Morgen früh werde ich erst einmal ausschlafen, Ulrich. Der heutige Tag war anstrengend."

„Ja, die lange Reise darf man auch nicht vergessen. Gute Nacht!"

Wilhelm verschwand in seiner Kammer. Er war wirklich redlich müde.

*

Auf dem Heidsiekhof war der Abend wenig spektakulär verlaufen.

Altbauer Gerold Heidsiek hatte mit dem Münsterländer Heiko einen langen Rundgang über seine Ländereien unternommen. Besonders auf der Hohen Egge hatte Hitze und Trockenheit dem Boden zugesetzt. Hier mussten sein Sohn Ulrich und er am nächsten Tag unbedingt etwas unternehmen. Mit sorgenvollem Gesicht kehrte er zurück.

Der Knecht Matthes hatte sich noch einmal um das Vieh gekümmert und spielte dann ein wenig mit der Katze Minka, die dafür zu sorgen hatte, dass die Mäuseplage auf dem Hof nicht überhand nahm.

Minka und Heiko waren miteinander groß geworden und gute Freunde. Als Heiko Minka erblickte, steuerte er sofort auf sie zu und stupste sie mit der Nase an, dann ließ er sich fallen und genoß Minkas Pfoten auf seinem Fell.

„Ein Herz und eine Seele, ganz und gar nicht wie die sprichwörtlichen Hund und Katze," freute sich Matthes und an seinen Herrn gerichtet ergänzte er noch zufrieden: „Auf dem Hof ist alles in Ordnung."

„Er sollte aber schon lange Feierabend gemacht haben. Habe ich ihm doch schon heute Nachmittag gesagt."

„Aber die Arbeit macht mir stets großen Spaß. Überanstrengt habe ich mich heute wirklich nicht."

Gerold Heidsiek lächelte redselig über das ganze Gesicht. Auf seinen Knecht konnte er sich felsenfest verlassen. Im Laufe der Jahre war er ihm fast wie ein zweiter Sohn geworden.

„Nun haben wir uns aber ein gutes Abendessen verdient, Matthes. Mal sehen, was unsere Frauen Schönes zubereitet haben."

Beide betraten das Hauptgebäude und verschwanden auf der Deele, während Heiko und Minka noch ein wenig miteinander umhertollten.

In der Hofküche hatten die beiden Bäuerinnen das Abendessen gerichtet. Es gab Leberknödelsuppe, selbstgebackenes Bauernbrot mit Schmalz und geräuchertem Speck. Als Getränk diente kühle Buttermilch.

Nach dem Abendessen versammelten sich alle im letzten Tageslicht vor dem Haupthaus unter der Linde. Die Sonne verabschiedete sich gerade im roten Abendkleid. Erste funkelnde Sterne blitzten auf.

Die beiden Bäuerinnen lauschten dem Spiel der Mundharmonika ihres Knechtes, während der Altbauer eine Pfeife rauchte.

Die Schwalben suchten unter dem Dach der Scheune ihre Nester auf.

Nachdem die Dämmerung von der Dunkelheit abgelöst wurde, verabschiedete man sich von einander. Es war nun Zeit schlafen zu gehen.

Vom Uhrtürmchen auf dem Wirtschaftsgebäude schlug es Neun. Der Frieden der Nacht stand bevor. Konnte es nicht immer so sein?

*

Eine klare, hochsommerliche warme, Juninacht neigte sich dem Ende entgegen.

Im Westen erstrahlte der Mond in fahlem Glanze, in der Folgenacht war Vollmond.

Behütete er in dieser Nacht den Frieden in der Natur, so würde er in der kommenden

Nacht Zeuge unheilvoller, apokaliptisch wütender, Urnaturgewalten werden, ein In-

ferno unbekannten Ausmaßes miterleben müssen ..., die größte Herausforderung

Herfords seit dem dreissigjährigen Krieg ...!

Aber nun begann sich erst einmal eine nochmals friedliche Nacht langsam zu verab-

schieden und entledigte sich sacht ihres samtenen Sternenmantels ausgetupft mit

einigen weißen Schäfchenwölkchen.

Fern im Südwesten begrüßten bereits erste Sonnenstrahlen den kommenden,

schicksalsschweren Tag. Blutige Röte zerriß das Nachtblau in immer größere

Stücke.

Die Nachtigall jubilierte bereits hoch am Himmel. Der Hofhund Heiko war auch

schon munter. Ihn hatte das in dieser Nacht besonders helle Mondlicht geweckt.

Nun saß er vor dem Lindenbaum neben dem unentwegt plätschernden Brünn-

lein und bestaunte den sich langsam verabschiedenden Mond. War das ein

Störenfried? Bisweilen bellte er leise auf. Auch die Katze Minka war schon unter-

wegs. In lauen Nächten stromerte sie besonders gern durch die umliegenden

Ländereien und war nicht wenig erstaunt ihren Freund und Spielkameraden Heiko

schon so früh in Aufpasserposition zu erleben, schaute ihn kurz entgeistert von

der Seite an und zog es dann vor ihr Schlafplätzchen im Stallgebäude bei den

Pferden anzusteuern. Nächtliche Jagdausflüge machen müde.

Der anbrechende Tag, das einsetzende Vogelgezwitscher, erweckten zuerst den

Altbauern und die Altbäuerin aus erquicklichem Schlummer im ersten Stock des

Hauptgebäudes. Trotz der Wärme ließen sie es sich nicht nehmen in ihrem Himmelbett sich unter dicken Federbetten zu verkriechen, unter denen von ihnen nur die Zipfelmützen hervorragten.

‚Welch ein Himmelsszenario?' Der Altbauer staunte beim Blick durch das Kammerfenster. ‚Solch ein kontrastreiches Farbenspiel habe ich ja noch nie gesehen.' Für einen kurzen Moment fühlte er sich direkt unbehaglich.

Der Jungbauer Ulrich und seine Frau Dorothee schliefen im Erdgeschoss und wurden erst wach als das Altbauernpaar in Holzschuhen polternden Schrittes die Eichentreppe herabstieg. Vom Uhrtürmchen auf dem Wirtschaftsgebäude schlug es gerade 6 Uhr.

Ihr Gast Wilhelm schlief nach wie vor tief und fest. Er sollte ruhig ausschlafen. Der vorausgegangene Tag war sehr anstrengend für ihn gewesen, erst die lange Eisenbahnreise und dann das Wiedersehen mit alten Bekannten.

Als Ulrich und Dorothee die Hofküche betraten, hatte das Altbauernpaar Gerold und Lina bereits den Frühstückstisch gedeckt. Rings um einen großen Strauß frischer Pfingstrosen säumten sich appetitliche Köstlichkeiten: Ein großer Laib Bauernbrot, selbstgemachte Erdbeermarmelade mit ganzen Früchten, frisch geräucherter westfälischer Knochenschinken und Landbutter, dazu ein großer Krug mit Milch. Auf dem Herd bereitete die Altbäuerin gerade Rühreier mit Speckwürfeln und gehacktem Schnittlauch zu. Der ganze Raum war vom Duft frischen Bohnenkaffees geschwängert.

„Gott zum Gruß, Mutter, Gott zum Gruß, Vater," begrüßte Ulrich seine Eltern. Auch Dorothee wiederholte diesen Gruß.

Wenig später gesellte sich auch der Knecht Matthes zu ihnen. Nach dem Frühstück wollte er sich sogleich auf den Weg zu seiner Mutter nach Vilsendorf machen.

Schweigend genossen sie die stärkende Morgenmahlzeit.

„Was wird aus Wilhelm?" wollte Ulrich wissen, als sie die gemeinsame Mahlzeit beendet hatten.

„Nun, wir Frauen sind ja da," meinte Dorothee, „und wir werden ihm schon ein Frühstück richten. Es ist ja noch genug übrig geblieben."

Als Ulrich und sein Vater gerüstet zur Feldarbeit und ausgestattet mit einem Proviantkorb für den Mittag auf den Hofplatz heraustraten, empfing sie die Stille eines Sommermorgens.

Goldgelb schien die Sonne vom strahlend blauen Firmament, die Schäfchenwolken des Nachthimmels waren verschwunden.

„Ulrich, das Vieh lassen wir heute aber im Stall. Nach der langen Dürre finden sie auf den Weiden sowieso nichts, dazu die Hitze. Regen brauchen wir, dringend Regen."

„Aber den Hühnern sollten wir ruhig ein wenig Auslauf geben."

„Ja, Ulrich."

Als erstes erschien der Hahn und schickte sich an seine Untertanen auszuführen, die ihm laut gackernd folgten.

Anschließend begannen Ulrich und sein Vater ihren Gang zum Hohen Feld auf der Hohen Egge.

Im Laufe es Tages löste zunehmend eine unerträgliche Schwüle die bis dahin trockene Wärme ab, gleich als ob sich ein feuchter Schleier über die Landschaft absenkte. Nach wie vor strahlender Sonnenschein, wenngleich sich auch der Himmel von einem tiefen- in ein glasklares Blau verfärbte.

Den beiden Bauern fiel die harte Landarbeit heute sichtlich schwer. Schweiß bedeckte ihre Stirn. Die Luft stand bleiern, die Hitze flimmerte über dem Land.

„Das Wetter hält sich bestimmt nicht mehr lange," murmelte der Altbauer leise,

„hoffentlich schaffen wir heute noch einiges auf unserem Acker. Er schaute nach-

denklich zum Himmel. Der graublaue Farbton im Norden verkündete bestimmt nichts

Gutes.

Schweigend arbeiteten beide weiter. Sie gönnten sich nur eine kurze Mittagsrast.

*

Wilhelm hatte bis 10 Uhr geschlafen. Nach dem ereignisreichen Vortag war das

auch nicht verwunderlich.

Als er die Hofküche betrat wurde er freudig von den beiden Bäuerinnen begrüßt.

„Hat er auch richtig ausgeschlafen?" wollte Lina Heidsiek wissen.

„Aber natürlich."

„Dann ist es jetzt Zeit für ein gutes Frühstück."

Schnell hatte die Jungbäuerin einige Scheiben von einem Bauernbrotlaib abgeschnit-

ten, ein wenig Butter und Speck gerichtet. Dazu gab es ein großes Glas Milch.

Wilhelm schmeckte es zur Freude der beiden Bäuerinnen sichtlich.

„Ja, solch frische Dinge gibt es nur auf dem Land."

„Ulrich und mein Mann sind heute schon früh zur Feldarbeit aufgebrochen. Sie wer-

den erst am frühen Nachmittag wieder daheim sein," begann die Altbäuerin zu be-

richten. „Hoffentlich haben sie bis dahin keine Langeweile?"

„Bestimmt nicht, Frau Heidsiek. Ich werde die Gelegenheit zu einem kleinen Spazier-

gang durch die Umgebung nutzen."

Wilhelm bedankte sich nochmals herzlich für das wohlgemundete Frühstück und ver-

ließ dann die Hofküche.

Kurz darauf stand er auf dem Sträßlein, das am Heidsiekanwesen vorbeiführte und überlegte einen Moment in welche Richtung er wohl aufbrechen solle.

Heiß brannte die Sonne vom Firmament herab. In der Ferne erspähte er einen Wald. Diesen erkor er als erstes Ziel. Vielleicht würde er unter Bäumen eine wenig Erfrischung finden.

In den Gräsern am Wegesrand summten Bienen.

Schon bald erreichte er eine umzäumte Weidefläche, auf der zwei Männer mittleren Alters damit beschäftigt waren, die dort befindlichen Pferde zusammenzutreiben.

Wilhelm blieb stehen und schaute interessiert dem Geschehen zu.

Schließlich kam man einander näher, sodaß einige Worte gewechselt werden konnten.

„Sie haben wir hier noch nie gesehen," sprach Wilhelm der ältere der beiden Männer an.

„Ich bin auch nur auf Besuch hier, auf Besuch in meiner alten Heimat."

„Und gefällt es ihnen hier wieder?"

„Ja schon. Viel verändert hat sich ja nicht."

„Wo leben sie heute?"

„In Berlin."

„Kenne ich nur aus Erzählungen."

„Sollten sie aber unbedingt einmal kennenlernen."

„Unser Leben erlaubt keine Reisen. Das Bauernleben ist hart und fordert uns täglich."

„Mit wem zu plaudern habe ich eigentlich die Ehre?"

„Mit Otto zu Diebrock, und dort drüben, das ist mein Bruder Franz."

„Und ich bin Wilhelm Mittendorf."

Nachdem sie einander vorgestellt waren, wechselten sie das Thema.

Franz zu Diebrock hatte sich, neugierig geworden, nun auch zu den beiden Sprech-

enden gesellt und erzählte ein wenig über die Pferdezucht.

Wilhelm war tief beeindruckt.

„Ja, die Pferde müssen jetzt in den Stall," meinte Franz zu Diebrock schließlich, „die

Hitze schadet ihnen. Dazu keine schattenspendenden Bäume auf unseren Weiden-

flächen." Er schaute zum Himmel, von dem die Sonne herabbrannte. „Bald werden

wir sicherlich ein Gewitter bekommen. Am Horizont ziehen bereits erst Wolken auf.

Sehen sie nur."

Im fernen Nordwesten waren tatsächlich einige Quellwolken auszumachen, aber

noch unscheinbar und nichtssagend.

„Wo sind sie denn zu Besuch?" wollte Otto zu Diebrock wissen.

„Bei den Heidsieks. Ich bin dort zu Gast bei einem alten Schulfreund."

„Also bei unserem Schwager. Seine Frau Dorothee ist nämlich unsere Schwester."

Unverhofft hatte Wilhelm weitere Mitglieder der Verwandtschaft seines Freundes

kennengelernt.

„Dann werden wir uns sicherlich bei anderer Gelegenheit noch einmal wieder-

sehen."

„Das denke ich auch. Es würde uns freuen."

„Nun will ich sie aber nicht länger von der Arbeit abhalten. Ihre Rösser sollen doch

schließlich in den Stall."

So nahm man von einander Abschied und während die beiden Brüder ihre Pferde

heimwärts eskortierten, setzte Wilhelm seine Wanderung fort.

Er sehnte sich nach ein wenig Schatten und lenkte seine Schritte in Richtung des sich nun in seiner Nähe befindlichen Waldstückes, zu dem ihn ein recht steiniger und staubiger Feldweg führte.

‚Welch eine Wohltat,' dachte Wilhelm, als er den Wald betreten hatte. Es war ihm, als ob er durch eine Tür in einen kühlen Raum hineingetreten wäre. Umgeben von hohen Tannen hatte sich der unbequeme Steig in einen federnden Teppichboden verwandelt. Betörender Duft frischer Tannennadeln umwölkte ihn. Er hörte den Kuckuck rufen. Ein Eichkater kreuzte seinen Weg und kletterte geschwind auf den nächstbesten Baum und schaute aus schützender Höhe keck auf ihn herab. Schließlich schwang er sich von einem Baumwipfel zum anderen und verschwand aus dem Blickwinkel von Wilhelm, der stehen geblieben, seine Umgebung aus- giebig zu betrachten begann.

Riesige Farnbüsche wechselten sich mit Buschwerk ab. Das Unterholz schien fast undurchdringlich. Deutlich zeichneten sich die einfallenden Sonnenstrahlen zwischen den Bäumen ab. Er genoß sichtlich einen Moment lang die ihn umgebende Frische, atmete tief durch, fühlte sich wie neu geboren und vor allem aber unendlich wohl. Wie wunderbar war doch die Natur. Plötzlich wurde ihm das zum ersten Mal richtig bewusst. Sein unstetes Leben hatte ihm solche Augenblicke der Besinnung prak – tisch bisher nie vergönnt und so nahm er diese Waldeinsamkeit voll in sich auf, die er wie ein Geschenk empfand.

Nach einer Weile andächtigen Verweilens setzte er seinen Gang weiter fort und ge- langte schließlich in einen offeneren Teil des Waldgebietes geprägt durch Laubwald, wo sich vornehmlich Buchen und einige mächtige Eichbäume vor ihm auftaten. Er wandelte nun wie unter einem schützenden Kuppeldach daher, als durchquere er eine gewaltige Kathedrale. Hier vermochten die Sonnenstrahlen den Erdboden nicht zu erreichen. Sein Weg begann zunehmend abzufallen und plötzlich öffnete sich vor

ihm der Wald und er stand am Rand einer Lichtung, die vom Heidsiekbach durch-

flossen wurde und was er dort zu sehen bekam, ja, das war schon eine große Über-

raschung und die Krönung seiner Wanderung zugleich.

Friedlich ästen zwei Rehe mit einem kleinen Kitz am Rande des Baches, allerliebst

anzuschauen.

Wilhelm verharrte ganz still, um sie nicht zu stören. Aber seine Anwesenheit schien

ihnen dennoch nicht entgangen zu sein. Sie blickten plötzlich auf und verschwanden

dann mit einem kühnen Sprung über den Heidsiekbach zwischen jungen Birken hin-

durch recht schnell im gegenüberliegenden Wald zwischen dichtem Unterholz.

Nach diesem beeindruckenden Erlebnis wandte sich Wilhelm wieder seinem Domi-

zil zu. Der Heidsiekbach würde ihm sicherlich den rechten Weg weisen, auch wenn

es querfeldein über Stock und Stein ging.

Ein Lied kam ihm dabei über die Lippen: ‚Wer hat dich du schöner Wald ....' Er

schmetterte es laut und inbrünstig in die ihn umgebende herrliche Natur. Treffen-

der konnte er seine Gefühle in diesem Moment nicht zum Ausdruck bringen.

*

Als er auf den Heidsiekhof zurückkehrte, sehnte er sich nach einer Erfrischung.

Kein Mensch war zu sehen. Friedhofsruhe. Nur, Heiko der Münsterländer, lag

gelangweilt vor der großen Deelentür, gähnte bisweilen und tat so als ob der

Ankömmling bereits zur Familie gehörte.

Wilhelm ging zum Brünnlein, trank von dem kühlen Wasser und blickte nach dem

ihn erquickenden Trank um sich.

Die Schwalben flogen ungewöhnlich tief. Einige Mücken kreisten in den Sonnenstrahlen um die Wette.

Eine merkwürdige Stimmung lag über dem Anwesen. Zwischen Stall- und Wirtschaftsgebäude bot sich der Blick Richtung Nordwesten.

Am Horizont wechselte der tiefblaue Himmel seine Farbe in ein rötliches Blau, während im Nordwesten nur ein dunkles Türkis auszumachen war. Noch hoch am Himmel strahlte golden die Sonne.

Wilhelm wurde nachdenklich. Die ihn umgebende, wenn auch eigenartige, Stille ließ ihn ganz ruhig werden.

*

Ulrich und sein Vater hatten inzwischen die Feldarbeit beendet und befanden sich auf dem Heimweg. Fern am westlichen Horizont erblickten beide erste sich auftürmende Wolkenberge, im Norden drohende Quellwolken.

„Vater, schau nur, vielleicht gibt es doch noch ein Gewitter."

„Das sollte mich wirklich nicht wundern. Die Schwüle ist unmenschlich."

Zurückgekehrt auf ihren Hof freuten sie sich, dort Wilhelm anzutreffen, ließ die beiden Bauern die sich allmählich zuspitzende Wandlung in der Natur vergessen.

Heiko freute sich, dass sein Herrchen wieder daheim war und sprang an Ulrich empor. „Ist schon gut, braver Hund, brav."

„Schaut euch einmal den Himmel an. Da tiefblau und dort lilarot."

„Ja," entgegnete Ulrich, „das hat nichts Gutes zu bedeuten. Aber wir brauchen dringend Regen. Der Boden ist ausgedörrt."

Sie betraten das Hauptgebäude.

Ulrich wollte sich schnell umziehen, da er mit seinem Freund Wilhelm zum Gottesdienst nach Elverdissen gehen wollte. Nach ihrer Rückkehr würde es ein festliches

Abendessen geben. Die beiden Bäuerinnen waren bereits in der Hofküche eifrig mit den Vorbereitungen beschäftigt.

„Seid ja pünktlich wieder daheim," ermahnte Dorothee die beiden Kirchgänger, als sie sich verabschiedeten.

„Wir haben noch gut Zeit," meinte Ulrich zu seinem Freund, „auf dem Weg nach Elverdissen werde ich dir ein wenig von unserem neuen Besitz zeigen, du wirst staunen."

„Das Wirtschaftsgebäude ist ja ganz aus Holz gebaut," wunderte sich Wilhelm, „zu hübsch das Uhrtürmchen."

„Eines Tages soll es auch durch ein Steingebäude ersetzt werden," entgegnete Ulrich, „als es von meinem Großvater erbaut wurde, reichte das Geld nicht für mehr."

Sie passierten das Stallgebäude und betraten einen kleinen staubigen Pfad, der sie längs eines großen Obstgartens in Richtung eines bewaldeten Hanges führen sollte.

„Hier siehst du unser Obstparadies aus Äpfel-, Birnen-, Kirschen- und Pflaumenbäumen nebst eines großen Erdbeerfeldes. Ganzjährig haben wir frisches Obst und stets frische Marmeladen. Die Hälfte des Obstes verkaufen wir allerdings auch auf den umliegenden Märkten."

Im Nordwesten hatte sich der Himmel inzwischen blutrot verfärbt. Die Sonne hatte ein tieforangefarbenes Kleid angelegt und schickte sich an, sich mit einem Wolkenschleier zu verhüllen. Die Unheilsschreckenswand am westlichen Horizont wirkte zunehmend furchteinflößend und griff nach der herabsinkenden Sonne. Bösartig anmutende Wolkenspitzen quollen empor.

Langsam gingen Ulrich und Wilhelm durch die ländlichen Fluren, schweigend die anmutige Schönheit der sie umgebenden Natur in sich aufnehmend.

Sie wandelten an Schlehenbüschen dahin. Da waren die Käfer und die Schmetter-

linge um sie. Es war der Gesang der Lerche zu hören oder das Zwitschern des

Zaunkönigs.

„Sieh einmal, Wilhelm, im August blüht hier sogar auch ein wenig Heide."

Ulrich freute sich sichtlich die Schönheiten seiner nächsten Umgebung hervorheben,

viel Ungewohntes seinem Freund offenbaren zu können.

Dann kamen sie zu weißen Birken, passierten große Eichen, verließen den Pfad und

betraten einen Nadelwald.

Sie schritten über federnden Moosboden, sahen hohe Gräser, die sich an die Baum-

stämme schmiegten, Brombeer- und Waldhimbeerbüsche. In der Ferne hörten sie

den Buntspecht hämmern.

„Davon können wir in der Großstadt nur träumen," entfuhr es leise Wilhelm.

Nach Durchschreiten des Gehölzes traten sie auf grauen Rasen, über den sie,

während Bienen um sie herum summten, aufwärts gingen, bis sie an den Rand einer

fast unübersehbaren Ackerfläche gelangten.

„Jetzt sind wir auf der Hochebene der Hohen Egge, auf unserem Hohen Feld. Hier

befinden sich unsere Kornfelder, ein besonders schwieriger Boden, 650 Morgen. Be-

sonders in trockenen Zeiten gedeihen hier Weizen und Roggen sehr schlecht. Heute

haben mein Vater und ich sich den ganzen Tag bemüht, den ausgedörrten Boden

ein wenig aufzulockern. Hoffentlich nützt es uns etwas. Dort drüben entspringt der

Heidsiekbach. Unten im Tal siehst du das Plateau der Niederen Egge. Hier bauen wir

seit zwei Jahren Kartoffeln, Kohlgemüse und Rüben an. An einem neu errichteten

Wehr stauen wir den Heidsiekbach und können so die Ländereien der Niederen

Egge gut bewässern. Rechts davon beginnen die Weideflächen für die Kühe und

Pferde. Zur Zeit haben wir 20 Milchkühe, 10 Rinder und 20 Hengste, die ihr Terrain über das kleine Steinbrücklein über den Heidsiekbach erreichen, das du dort unten im Talgrund siehst. Unsere 25 Schweine haben ihren Auslauf zwischen Stallgebäude und Heidsiekbach. Seit gestern ist aber alles Vieh im Stall. Es ist einfach zu heiß. Die Weiden sind aus getrocknet und bieten keinerlei Nahrung. Warum also das Vieh unnötig quälen, wenn es es zur Zeit im Stall besser hat. Übrigens, um unser Vieh kümmert sich hauptsächlich unser Knecht Matthes. Eine Aufgabe, die ihm auf den Leib geschrieben ist. Einen besseren Mann konnten wir dafür nicht finden."

„Aus einer kleinen Kate ist echt ein stattlicher Besitz geworden, eine verantwortungsvolle Aufgabe."

Mit leichtem Unbehagen mussten sie in diesem Moment zur Kenntnis nehmen, dass sich auch im Norden unheilvolle Wolkenberge aufzutürmen begannen. Eine zweite Unwetterfront hatte sich – für beide bisher unbemerkt – hinter dem Höhenrücken der Hohen Egge aufgebaut, nicht weniger furchterregend als die im Westen.

Inzwischen hatte Ulrich und Wilhelm die Ackerflächen des Hohen Feldes überquert und standen nun am östlichen Rand der Hochfläche.

„Jenseits des Sträßleins beginnen die riesigen Ländereien der zu Diebrocks, die bis an die Stadtmauern von Herford und weit ins Werretal reichen, 3500 Morgen. Unser Anwesen ist dagegen vergleichsweise als klein zu bezeichnen."

Wilhelm kam aus dem Staunen nicht mehr heraus.

„Dann tretet ihr eines Tages ein gewaltiges Erbe an und werdet zu den reichsten Bauern im Kreis Herford gehören. Dorothee ist ja die Tochter der zu Diebrocks."

„Leider nicht. Das erben alles die beiden Söhne Otto und Franz. Dorothee erbt nichts. Sie sollte Stefan von Molde, Landgraf zu Hücker-Aschen, heiraten. Über unsere Verehelichung ist mein Schwiegervater vor Gram gestorben. Dennoch, zu den zu Diebrocks haben wir ein einigermaßen gutes Verhältnis."

„Hauptsache glücklich und gesund," rundete Wilhelm ab. Er wollte dieses für seinen Freund sicherlich recht schmerzliche Thema nicht weiter hinterfragen, auch verschwieg er die persönliche Begegnung am Vormittag mit den beiden Söhnen der zu Diebrocks.

Beide spazierten nun geraume Zeit am Rande des Hohen Feldes in nördlicher Richtung. Unten im Tal tauchte das Dörfchen Elverdissen auf.

„Es ist bald Fünf. Jetzt müssen wir uns doch ein wenig beeilen," meinte Ulrich zu seinem Freund.

Beim Abstieg von der Hohen Egge säumten ihren Weg weitere Ländereien, auf denen Bauern aus Elverdissen noch ihre Arbeit verrichteten. Sie entboten im Vorübergehen den beiden Freunden freundliche Grüße, die sie höflich erwiderten.

Vor ihren Augen nun das Ziel, das kleine Gotteshaus des Dorfes.

*

Alle Bänke waren fast besetzt, sodaß sich beide mit einem Platz im hinteren Teil des Kirchenflügels begnügen mussten.

Pastor Rosenhäger stand vor einem festlich blumengeschmückten Altar auf dem zwei Kerzen brannten. Blutrotes Licht drang durch die Kirchenfenster, das manchen Besucher gar erschauern ließ,

Dann erklang die Orgel, Es war das Präludium nebst Fuge G-Dur von Johann Sebastian Bach. Als das feierliche Spiel des Kantors verklungen war, stimmte Pastor Rosenhäger das Lied „Gott von dem wir alles haben" an.

Mit der wieder einsetzenden Orgel begann die versammelte Gemeinde zu singen:

„Gott von dem wir alles haben, die Welt ist ein sehr großes Haus, du aber teilst deine Gaben recht wie ein Vater drinnen aus. Dein Segen macht uns alle reich, ach lieber Gott, wer ist dir gleich?

Du machst, dass man auf Hoffnung säet und endlich auch die Frucht genießt.

Der Wind, der durch die Felder wehet, die Wolke, so das Land begießt, des Himmels Tau, der Sonne Strahl sind deine Diener allemal.

Und also wächst des Menschen Speise, der Acker selbst wird ihm zum Brot, es mehret sich vielfältigerweise, was anfangs schien als wäre es tot, bis in der Ernte jung und alt erlanget seinen Unterhalt."

Nachdem die drei Strophen verklungen waren kehrte Stille ein.

„Liebe Gemeinde," begann dann Pastor Rosenhäger zu sprechen. „In Matthäus 9, Vers 35 – 38 lesen wir:

Jesus ging umher in alle Städte und Märkte, lehrte in ihren Schulen und predigte das Evangelium vom Reich und heilte allerlei Seuchen und allerlei Krankheit im Volk. Und da er das Volk sah, jammerte ihn desselbigen, denn sie waren verschmachtet und zerstreut wie die Schafe, die keinen Hirten haben. Da sprach er zu seinen Jüngern: „Die Ernte ist groß, aber wenige sind der Arbeiter. Darum bittet den Herrn der Ernte, dass er Arbeiter in seiner Ernte werde."

Ja, liebe Gemeinde, wir erkennen hier Jesus als unermütlichen Wanderer zum Menschen selbst. Er ist erfüllt und getragen von der Vollmacht seines Vaters, der ihn in diese Welt gesandt hat, sich der Menschen anzunehmen, die seiner Hilfe bedürfen und sein Heil annehmen wollen.

Für ihn ist es nicht wichtig Besitz und Macht anzuhäufen, ganz im Gegenteil. Für ihn ist es nur bedeutend, dass man in seinem Sinne gemeinschaftlich lebt, in

-36-

seinem Reich von Gottes Gnaden.

Zugegeben, manche von uns hören das Wort „Reich" nur mit Unbehagen. Die
Geschichte von den Reichen dieser Welt ist eine Geschichte von Kriegen, von
Machtstreben, Eifersucht und auch Haß, die bisweilen auch vor Unmenschlich-
keit nicht zurückschreckt, Blut und Tränen in Kauf nimmt. Vordergründig fühlen
wir uns als Westfalen, die sich 1871 im Deutschen Reich wiederfanden, zwangs-
weise und ungefragt. Darum vermögen wir es kaum als frohe Botschaft vernehmen, dass Jesus auch ein eigenes Reich beanspruchen möchte. Nur: Jesus ist
ganz anders als die machtlüsternden Herrscher dieser Welt, sein Reich ist ein
Gottesreich und hat nichts mit den irdischen Reichen gemein, die gewaltsam geschaffen wurden. Jesus kommt nicht in kaiserlicher Pracht, sondern als schlichter
Wanderer, der nur um ein kleines Almosen bittet, ein Stück Brot, ein Glas Wasser.
Er fordert nicht und droht auch nicht mit militärischer Macht. Er kommt zu uns
Menschen vorbehaltlos, will ihnen nur geben, was sie selbst nicht schaffen können,
echten Frieden und wirkliche Daseinsfreude. Wenn Jesus von seinem Reich redet,
dann ist es kein leeres Wort sondern eine wirkliche frohe Botschaft für uns alle.
Jesus will in seinem Reich zu uns stehen. Er denkt nicht an sich, sondern nur an
sein Volk. Er hat nicht Mitleid mit sich selbst, sondern lädt das Leid und das Schicksal seines Reiches auf sich, gesellt sich als Bruder zu Schwester und Bruder, möchte
uns nicht verschmachtet und zerstreut sehen wie die Schafe, die keinen Hirten
haben, ganz im Gegenteil. Seine ganze Liebe und sein ganzes Erbarmen gilt jedem
von uns vorurteilslos, auf das es uns gut gehe.

Ein wenig widersprüchlich mutet an, dass er in diesem Zusammenhang auch von
einer Ernte spricht und über mangelnde Arbeiter klagt. Nun, Jesus' Werk ist mit

seiner irdischen Wirksamkeit, mit seinem Tod und seiner Auferstehung längst noch nicht abgeschlossen und vollendet. Noch immer sind viele Menschen da, die seine Heilsbotschaft noch nicht vernommen haben, seiner Hilfe bedürfen und von ihm noch „geerntet" werden müssen. Dazu bedarf es weiterer Arbeiter, um alle ansprechen zu können, um zu Menschen Gottes zu machen. Nur, es müssen überzeugte Arbeiter sein, nicht geleitet von irgendwelchen Gesetzen, sondern sie sollen überzeugt sein, sich ihm freiwillig im Gebet und in der Stille hingewendet zu haben, von ihm persönlich gerüstet. Jeder muß seinen eigenen Weg zu Jesus finden, um seine erlösende Botschaft seinem Nachbarn vermitteln zu können, auf das sich sein Reich weiter ausbreite und festige, gewaltfrei und aus innerer Überzeugung eines jeden einzelnen.

Damit will ich die weltliche Ordnung nicht in Frage stellen, ganz im Gegenteil. Aber die Geschichte hat schon oft gezeigt, dass irdische Reiche nicht auf Dauer Bestand haben, man sich nicht auf sie verlassen kann, auch wenn man sich gern diesem trügerischen Gedanken hingibt, dass einen Staat nichts erschüttern kann.

Ganz anders ist es dagegen um Gottes Reich bestellt, dass natürlich gewachsen, unangefochten seinen Platz behauptet und jedem einzelnen verpflichtet ist, uns immer wieder verkündet, dass es für alle jederzeit da ist. Diese Tatsache empfinde ich als die froheste und hoffnungsvollste Botschaft aller Zeiten für uns.

Über allem dürfen wir auch niemals den Schöpfungsgedanken vergessen.

Gott fand eine gute Erde geschaffen zu haben, die seine Ebenbilder in seinem Sinne verwalten sollten. Gott hat nicht gewollt, dass diese Menschen sich auf ihr gegenseitig erheben, sich den Lebensraum streitig machen und gar zerstören, was eigentlich ihrem Leben dienen soll. So erleben wir heute oftmals die Gegenwart als lebensfeindlich und unparadiesisch. Es ist nicht gut wenn sich die Menschen anmaßen sich selbst auf die Stufe mit Gott zu stellen und meinen das Paradies eigenmächtig gestalten zu müssen. Und so ist es auch nicht verwunderlich, dass viele Menschen nur zu gern an den Anfang allen Seins zurückblicken und dabei feststellen müssen, dass sie das göttliche Erbe stiefmütterlich vernachlässigt haben. Dennoch: Gott gibt uns deshalb nicht auf und wird immer auf unserer Seite stehen? Kann man Freudigeres verkünden?

Blicken wir in Dankbarkeit in die uns umgebende Schöpfung, die Natur, die in diesen Tagen wieder ihr prächtigstes Kleid angelegt hat, sich auch ohne menschliches Zutun zu behaupten weiß, ohne Missgunst sich friedlich entfaltet und für alle sorgt, allen Lebewesen eine Heimat sein will, in der sie sich wohlfühlen dürfen.

Gnädiger Gott, getreuer Vater! Mit dankbarem Herzen gedenken wir in dieser Abendstunde all des Guten, das wir von dir empfangen haben. Du hast unser Leben gnädig erhalten, uns Gesundheit und Kraft zur Arbeit verliehen, uns Speise und Trank gegeben und unsere Arbeit gesegnet. Du hast uns sicher auf unseren Wegen geleitet und uns deine Freundlichkeit und Zuneigung wissen lassen. Das alles aus lauter väterlicher Güte und Barmherzigkeit, ohne all unseren Verdienst. Dafür danken wir dir und lobpreisen deinen heiligen Namen. Laß nun auch durch deine Gnade uns reinigen von allen Sünden und bestätige uns durch deinen heiligen Geist, dass wir Gnade vor dir gefunden haben in Jesus Christus, unseren Heiland. Nehme uns in dein Reich auf und gebe uns Kraft deine frohe Botschaft überall zu verkünden, auf das wir alle darin aufgenommen werden.

Du treuer Hüter Israels, beschütze in dieser Nacht Haus und Hof, Dorf und Stadt vor allem Schrecken und Unheil. In deine starke Hand befehlen wir uns in dieser Abendstunde und bitten dich, dass du uns deine heiligen Engel zum Schutz senden

mögest. Laß kein Übel uns begegnen und keine Plage unserem Haus sich nahen.

Schütze uns wider allen sichtbaren und unsichtbaren Feinde. Beweise an uns deine

wunderbare Güte. Laß uns sanft und ruhig schlafen, auf dass wir morgen wieder

fröhlich und gesund an unser Tagewerk gehen können, auch als Erntehelfer.

Herr behüte uns und alle unsere Lieben nah und fern. Wir hier, Herr, sind zu dir ge-

kommen, komme du nun auch wahrhaft zu uns. Zieh in unsere Herzen für immer

ein und laß sie deine Tempel sein. Amen."

Sichtlich ergriffen erhoben sich alle, um gemeinsam das „Vater unser" zu beten.

Dann erklang wiederum die Orgel und die Gemeinde begann zu singen:

„Nun ruhen alle Wälder, Vieh, Menschen, Städte und Felder, es schläft die ganze

Welt, ihr aber, meine Sinnen, auf, auf, ihr sollt beginnen, was unserem Schöpfer

wohlgefällt.

Wo bist du Sonne geblieben? Die Nacht hat dich vertrieben, die Nacht, des Tages

Feind. Fahr hin, eine andere Sonne, mein Jesus, meine Wonne, gar hell in meinem

Herzen scheint.

Breit aus die Flügel beide, o Jesus, meine Freude, und nimm dein Küchlein ein, will

Satan mich verschlingen, so laß die Engel singen: Dies Kind soll unverletzet sein.

Auch euch, ihr meine Lieben, soll heute nicht betrüben kein Unfall noch Gefahr,

Gott laß euch selig schlafen, stell euch die güldenen Waffen ums Bett und seiner

Engel Schar."

Unter den Orgelklängen der Kantate „Ein feste Burg ist unser Gott" begann sich das

Kirchlein langsam zu leeren.

*

Pastor Rosenhäger hatte Ulrich ein Zeichen gegeben, noch auf ihn zu warten.

„Wie geht es deinen Eltern?" wollte er wissen, nachdem der die ächzende Pforte

des Gotteshauses verschlossen hatte. „Gestern abend war die Gelegenheit für eine

Frage unpassend. Darf ich euch noch auf eine kleine Weile ins Pfarrgärtlein ein-

laden?"

„Aber nur, wenn es ihnen nicht ungelegen ist, Hochwürden," entgegnete Ulrich.

„Und hoffentlich auch beiden auch nicht? Denn sicherlich habt ich heute abend

Besseres vor, als mit einem alten Pfarrer ein wenig zu sprechen?"

„Nein, ganz im Gegenteil. Anläßlich des Besuches meines Freundes aus Berlin

wollen wir heute abend nur noch mit der Familie zu Abend essen."

„Lange soll es auch nicht dauern. Ich muß später noch nach der alten Frau Prüss-

ner schauen. Die feierte gestern ihren 70. Geburtstag."

Nachdem sie diesen Vertrag gemacht hatten, dass keiner den anderen behindere,

begaben sie sich in das nahe gelegene Pfarrgärtlein, wo sie auf einer hölzernen

Bank platz nahmen und in kleiner Runde freudvoll zu plaudern begannen.

Ulrich bedankte sich höflich für den schönen Gottesdienst, der ihn tief beeindruckt

hatte. Schon lange war er nicht mehr in der Kirche gewesen. Dann berichtete Ulrich

von daheim. Er war von Pastor Rosenhäger nicht nur getauft sondern auch konfir-

miert und getraut worden. So war es nicht verwunderlich, dass der alte Dorfpastor

regen Anteil an den Geschehnissen auf dem Heidsiekhof nahm.

Fern im Westen hatten sich inzwischen die Wolkenberge weiter aufgetürmt, hinter

denen sich die dunkelrote Sonne bisweilen zu verstecken begann und die Spitzen

dieses bedrohlich wirkenden Gebirgszuges mit blutig schimmernden Rändern versah

„Ein Wetter scheint unausweichlich aufzuziehen," entgegnete Pastor Rosenhäger mit besorgter Stimme, „ich will euch nun auch nicht mehr länger aufhalten, auf das

ich unseren geschlossenen Vertrag nicht verletze. Schöne Grüße an die Familie.

Sie soll doch auch wieder einmal zum Gottesdienst kommen. Es würde mich sehr

freuen."

Während Pastor Rosenhäger noch ein wenig auf dem hölzernen Bänklein verweilte,

um die Abendstille in sich aufzunehmen, machten sich Ulrich und Wilhelm auf den

Heimweg.

*

Auf dem Heidsiekhof waren die beiden Bäuerinnen mit den Vorbereitungen zum

Abendessen beschäftigt..

Der Altbauer werkelte vor dem Wirtschaftsgebäude an einem Eisentische, auf dem

auch ein Öllämpchen stand, an einigen Blechteilen, die für neue Ackergerätschaften

bestimmt waren und wurde dabei von einer Besucherin überrascht:

Viktoria zu Diebrock, die bereits verwitwete Großbäuerin des Nachbarhofes und

Mutter Dorothees, hatte sich auf dem Heidsiekhof eingefunden. Sie wollte zu einem

großen Schlachtfest auf ihrem Anwesen am Folgeabend einladen.

„Ulrich hat Besuch von seinem Freund aus Berlin." Das war Gerold Heidsieks erste

Neuigkeit.

„Er ist uns auch ein willkommener Gast," freute sich die Großbäuerin, „so erfahren

wie auch einmal etwas aus der fernen Reichshauptstadt."

„Lina und Dorothee sind in der Hofküche fleißig."

„Dann werde ich dich nun auch nicht mehr länger von der Arbeit abhalten und auch

dort meine Einladung persönlich überbringen," und verschwand auf der Deele.

Die beiden Bäuerinnen freuten sich über die herzliche Einladung zum Schlachtfest und bedauerten gleichzeitig, sich in diesem Moment ihrem Gast nicht länger widmen zu können.

Dennoch waren sie dankbar für eine kleine Pause und begleiteten Viktoria zu Diebrock hinaus.

Als die Altbäuerin vor dem Gebäude ihren fleißigen Mann erblickte, fragte sie neugierig: „Kommst du gut voran, Gerold?"

„Ich kann heute abend die Werkzeuge noch fertigstellen."

„Aber jetzt bitte ich dich, dich zum Abendessen umzuziehen. Ulrich und Wilhelm müssen bald kommen. Und wenn du unbedingt noch ein wenig arbeiten möchtest, dann hast du nach dem Essen dafür auch noch Zeit."

Gerold Heidsiek schaute sorgenvoll zum Himmel. Die Schwalben flogen tief.

„Das Wetter gefällt mir nicht. Die unheilvollen Wolken im Westen ...."

„Ja, ich fürchte, wir bleiben heute nicht ungestört," ergänzte Viktoria zu Diebrock, „aber Regen brauchen wir so nötig wie das tägliche Brot, Gerold. Die Erde ist völlig ausgedörrt."

„Gott schütze uns."

Heiko kam angelaufen und sprang an dem sich verabschiedenden Gast hoch.

„Ja, für dich lasse ich ein Würstchen übrig. Das ist doch selbstverständlich, guter Hund, braver Hund."

Auch er ließ es sich nicht nehmen, die Großbäuerin noch bis zum Rand des Anwesens zu begleiten, von wo er ihr noch lange mit wedelndem Schwanz nachblickte.

„Noch einen schönen Abend, Viktoria und viele Grüße an Otto und Franz. Wir freuen uns über eure Einladung und natürlich auf das morgige Wiedersehen."

„Euch allen auch alles Gute."

Die beiden Heidsiekbäuerinnen verweilten noch eine Weile, um einen Blick in die Weite der abendlichen Landschaft zu werfen.

Ein friedliches Panorama, das zum Verweilen einlud, zu einem letzten Atemholen .... Die Luft stand wie Blei.

Feierliche Stille kam dennoch auf und ließ einen Moment alle Sorgen vergessen.

„Herunter ist der Sonne Schein," begann die Altbäuerin leise zu singen. Wenig später stimmte ihre Schwiegertochter in diesen Gesang mit ein, „die finstere Nacht bricht stark herein, leucht uns, Herr Christ, du wahres Licht, laß uns im Finstern tappen nicht. Dir sei Dank, dass du uns den Tag vor Schaden, Gefahr und mancher Plag durch deine Engel hast behüt aus Gnad und väterlicher Güt.

Dein Engel uns zur Wach bestellt, dass uns der böse Feind nicht fällt. Vor Schrecken, Angst und Feuersnot behüte uns, o lieber Gott."

Dann verharrten beide stumm und ließen gedankenversunken ihre Blicke durch die einladende Schönheit von Feld und Flur gleiten.

Auch Heiko blickte neugierig mit den beiden Bäuerinnen in die Ferne, als ob es etwas Besonderes zu verpassen galt. Minka gesellte sich auch zu ihnen und stutzte einen Moment. War da nicht eben eine Maus vorbeigehuscht? Aber nun richtete sie ihr Augenmerk auf zwei tanzende Hummeln. Zum Jagen hatte sie einfach keine Lust.

„Dorothee," unterbrach Lina Heidsiek die andächtige Stille, „unser Essen wird nicht von allein fertig. Es gibt für uns noch einiges zu tun."

Der Altbauer war inzwischen im Hauptgebäude verschwunden, nachdem er die Hühner in den Stall geführt hatte.

Nun war es auf dem Hof ganz ruhig bis auf das monotone Plätschern des Hofbrünnleins.

Die Altbäuerin folgte langsam Dorothee. Bevor sie das Haus betrat, blieb sie stehen und erblickte zwischen Wohn- und Stallgebäude das unheildrohende Wolkenmeer, überragt von gezackten, violett schimmernden, Streifen. Im Nordwesten über den Baumwipfeln am Rand der Hohen Egge drohte es nicht minder berunruhigend.

Bald würde die Sonne völlig verschwunden sein.

Lina Heidsiek erschrak, von einem Gefühl von Angst befallen, fühlte sie sich plötzlich unbehaglich und sie seufzte tief.

Eine gespannte, unheimliche Stimmung hatte sich über das Anwesen gelegt.

Eine Schwalbe kehrte zurück und suchte ihr Nest am Stallgebäude auf.

*

Nach der Unterhaltung mit Pastor Rosenhäger bemühten sich Ulrich und Wilhelm nun möglichst schnell wieder den Heidsiekhof zu erreichen und gingen schnellen Schrittes über ein mit zahlreichen Trauerweiden umsäumtes Feldsträßlein heimwärts.

Die Hohe Egge verbarg ihnen den Blick nach Westen, später auch nach Norden, sodaß ihnen die weitere Anbahnung der auf sie unausweichlich zusteuernden, verheerenden, Naturkatastrophe entging.

Im Schatten der Hohen Egge deutete noch wenig auf den bevorstehenden infernalen Unfrieden in der Natur hin. Die Nachtigall jubilierte, wenn auch nicht so fröhlich wie am Morgen. Grillen zirpten.

Pastor Rosenhäger genoß noch eine Weile die ihn umgebende Stille und verfolgte

nachdenklich den aussichtslosen Kampf der Sonne mit den sich am Himmel immer

bedrohlicher auftürmenden Naturgewalten.

Schließlich erhob er sich und ging langsam den Kirchweg dorfeinwärts ab. Das

Sträßlein war wie ausgestorben.

In Hochkamp's Schmiede vernahm er geschäftiges Treiben. Ein wenig neugierig

wich er von seinem Weg ab.

„Noch so fleißig, Waldemar," begrüßte er den Schmied, der über den unerwarteten

Besuch ein wenig überrascht wirkte.

„Ja, der Bürgermeister hat ein neues Eisentor für das Feuerwehrhaus bestellt.

Zum großen Feuerwehrfest am 17. Juni soll es fertig sein, gleichzeitig zum Ge-

burtstag des Oberbrandmeisters Gerwin Schäfer. Die alltägliche Arbeit darf darüber

natürlich nicht vergessen werden. Da muß man auch schon einmal ein wenig länger

arbeiten." Er wischte sich zahlreiche Schweißperlen von der Stirn. „Diese umbarm-

herzige Schwüle. Das hält auf Dauer kein Mensch aus."

„Ein schweres Unwetter zieht auf," bemerkte Pastor Rosenhäger.

„Das ist mir über meiner Arbeit nicht aufgefallen. Seit heute Mittag habe ich mir

schließlich auch noch keine Pause gegönnt."

„Dann solltest du aber nun wirklich Feierabend machen. Morgen ist schließlich auch

noch ein Tag."

„Ja, da hat er wohl recht."

Beide traten aus der Schmiede heraus ins Freie.

„Allmächtiger," Waldemar Hochkamp wirkte sichtlich erschrocken als er zum Himmel empor blickte, „da braut sich in der Tat ein gewaltiges Unwetter zusammen."

Aus dem Haus kam ihm seine Tochter Emilie entgegen.

„Vater, bist du nun fertig?"

„Aber ja doch, mein Schatz. Ich komme gleich."

„Au fein, dann werden sich Mutter und Oma aber freuen. Sie machen gerade das Abendbrot. Es gibt Milchreis. Ißt Herr Pfarrer auch mit?"

„Nein, Emilie, ich muß noch einen Besuch bei Frau Prüssner machen."

Emilie lief wieder in das Haus zurück um dort freudig zu verkünden, dass der Vater nun bald kommen würde.

„Herr Pfarrer, bei dieser Gelegenheit möchte ich sie aber wirklich einmal zum Abendbrot bei uns einladen."

„Aber nur, wenn es ihnen nicht unangenehm ist."

„Nein, ganz im Gegenteil. Wir würden uns über ihren Besuch sehr freuen."

Über das Gesicht des Schmied's huschte ein Schatten, den der Pastor sehr wohl vernahm.

„Sorgen, Waldemar?"

„Ja, das kann man wohl sagen. Wir machen uns sehr große Sorgen um Gustav. Der Junge wird von Tag zu Tag schwächer und niemand kann genau sagen was ihm eigentlich fehlt."

„Da weiß ich auch keinen Rat. Ich werde aber für ihn täglich beten."

„Danke, Herr Pfarrer."

„Nun lasse deine Lieben aber nicht mehr länger warten. Und ich muß schließlich noch zu Frau Prüssner." Ergänzte dann: „Waldemar, ich vermisse dich schon lange in meiner Kirche."

„Ja, mit dem Vorwurf habe ich gerechnet. Aber ohne Gustav wollten wir auch nicht kommen. Sie verstehen?"

Pastor Rosenhäger nickte. „Möge es sich mit Gustav bald zum Guten wenden. Das wünsche ich euch von ganzem Herzen."

„Ich weiß nicht, wie ich ihnen für diese ehrlich mitfühlenden Worte danken kann."

„Schon gut, Waldemar. Wenn sie Hilfe und Trost brauchen, bin ich stets für sie da. Und wenn Gustav schon nicht in die Kirche kommen kann, ja, dann komme ich halt einmal zu ihm."

„Da wird er sich bestimmt sehr freuen."

Zum Abschied reichten sich beide Männer die Hände und während Pastor Rosenhäger seinen Gang fortsetzte, verschwand der Schmied im Haus.

Seine Frau hatte ihm auf dem Flur eine Schüssel mit Seifenwasser bereitgestellt, sodaß er erst einmal seine Hände reinigen konnte.

Dann betrat er die Küche, wo er von seiner Frau, seinen beiden Kindern und der Schwiegermutter bereits erwartet wurde.

„Waldemar, so spät war es lange nicht." Seine Frau Mara sah ihn ernst an. „Die Kinder wollten einfach nicht ohne dich mit dem Essen beginnen."

„Vergelt's mir Gott."

Emilie rutschte ungeduldig auf ihrem Stuhl hin und her und konnte es kaum erwarten, dass ihr ihre Großmutter als erste eine Portion Milchreis, der mit Zimt bestreut war, aus einem großen Topf auf den Teller füllte.

Dann war Gustav an der Reihe. Seine Augen leuchteten direkt, wie schon lange nicht mehr in dieser Runde erlebt.

„Was für ein schöner Milchreis. Den haben wir schon lange nicht gegessen."

„Wenn du alles aufisst, dann werden wir ihn öfter machen." Else Sassmann seufzte leise.

Wenig später war man ein wenig überrascht, dass Gustav seinen ganzen Teller leer gegessen hatte. Die Erwachsenen tauschten vielsagende Blicke. Sollte es sich mit Gustav nun doch endlich zum Besseren wenden? Solch einen gesegneten Appetit kannten sie bei ihm nicht mehr. Er wirkte glücklich und zufrieden und ließ sie einen Moment ihre Sorgen um ihn vergessen.

Nichts sehnlicher ihr Wunsch, dass er wieder zu Kräften kommen möge, mit seiner Schwester richtig spielen können und ... und ... und ...

„Darf ich den wirklich nächste Woche mit Onkel Ulrich in die Stadt? Gustav sah seine Eltern mit fragenden Augen an.

„Aber sicher doch, wenn du weiter so brav alles aufisst."

Mara wirkte ein wenig erleichtert.

„Ich will aber auch mit," ergänzte Emilie schnell.

„Natürlich kommst du auch mit."

Ein Hauch von Hoffnung wehte durch die Küche, vertrieb sorgenschwere Wolken, während sich draußen genau das Gegenteil anzubahnen begann.

*

Inzwischen hatte Pastor Rosenhäger das Haus von Elise Prüssner im Katharinen-weg erreicht, vor dem sich ein kleiner Blumengarten befand.

Er öffnete das davor befindliche Holzpförtlein und klopfte an der Haustür an. Eine Klingel gab es hier noch nicht.

Ein freundliches „Herein" von drinnen hieß ihn einzutreten.

„Herr Pfarrer, welch eine große Freude," begrüßte ihn sichtlich gerührt Elise Prüssner. Welch eine Ehre für mich."

„Ganz meinerseits. Ich darf doch unmöglich ihren Geburtstag übergehen. Siebzig
Jahre zu erleben ist doch wirklich eine Gnade Gottes, vor allem wenn man sich da-
bei noch bester Gesundheit erfreut. Etwas, was nicht jedem Menschen in diesem
Alter beschieden ist.

„Machen sie es sich nun aber erst einmal hier am Tisch kommod, Herr Pfarrer. Darf
ich ihnen etwas anbieten? Vielleicht ein Glas Waldmeisterbowle? Viel ist davon leider
nicht übrig geblieben."

„Ja, für ihre Waldmeisterbowle werden sie überall gerühmt, meine Liebe."

Pastor Rosenhäger lächelte verschmitzt.

„Dahinter steckt kein besonderes Geheimnis. Frischer Waldmeister, mehr braucht
man dazu nicht."

„Es kommt aber auf das richtige Verhältnis an, eine ausgewogene Rezeptur."

Elise Prüssner schenkte zwei Gläser mit Bowle ein.

„Wohl bekomm's."

Pastor Rosenhäger nahm einen großen Schluck des kühlen wohlschmeckenden
Getränks zu sich.

„Einfach köstlich, Frau Prüssner. Besonders an einem Tag wie heute. Da tut eine
Erfrischung besonders gut."

„Ja, die große Schwüle. Kein Wunder, dass ein Wetter aufzieht."

„Und was für eins."

„Möge es nur keinen Schaden anrichten."

„Das liegt nicht in unserer, sondern in Gottes Hand."

Schnell war das Glas des Pastors geleert. Elise Prüssner schenkte sofort nach und meinte dann nachdenklich:

„Schade, dass mein Mann August meinen 70. Geburtstag nicht mehr erleben durfte."

Ihr Mann war im gesegneten Alter von 78 Jahren vor drei Jahren verstorben. Ihr einziger Sohn Theodor diente zur Zeit bei den Kolonialtruppen in Deutsch Südwest-Afrika und hatte seiner Mutter von dort einen herzlichen Geburtstagsbrief geschrieben, den sie dem Pfarrer nur zu gern zum Lesen gab.

„Der Brief war lange unterwegs und kam vorgestern an. Sie glauben gar nicht , wie sehr ich mich darüber gefreut habe."

„Das kann ich mir gut vorstellen, meine Gute."

„Ich wollte, er käme bald nach Haus zurück. Ich vermisse ihn doch sehr. Nach dem Tode meines Mannes ist es doch recht einsam um mich geworden."

„Das kann ich ihnen gut nachfühlen."

„Manchmal frage ich mich, ob wir es unseren Nachbarn stets gleichtun müssen. Sollten wir uns nicht damit begnügen in einem geeinten Vaterland zufrieden leben zu können? Der Weg zur deutschen Einheit war doch wahrhaftig kein Spaziergang. Bismarck haben wir viel zu verdanken. Es war schon eine große Zeit, die ich durchleben durfte, oder?"

„Ja, sie haben die Wiedergeburt eines starken, geeinten Deutschlands miterleben dürfen, von dem unsere Väter immer geträumt haben."

„Und dieser Traum ist in Erfüllung gegangen."

„Aber dadurch ist Deutschland auch zu einer Weltmacht empor gestiegen mit entsprechenden Rechten."

„Muß man denn alles auf einmal haben?"

„Wahrscheinlich nicht. Aber durch unsere Politik sind wir zu einem ernst zu nehmen-
den Land in der Mitte Europa's geworden. Hätten wir in den letzten Jahren nur ge-
kuscht, ständen wir heute sicherlich im Abseits und würden nur belächelt. Nein,
Frau Prüssner, ich bitte sie, ein Land, das nicht zu weiterer Macht strebt verliert auf
Dauer."

„Herr Pfarrer, ich höre ihre Worte, allein mir fehlt der Glaube."

„Frau Prüssner, ich bitte sie, sie müssen an Deutschland glauben wie an unseren
Herrgott. Hätten unsere Väter, allen voran unser großer Bismarck, nicht an Deutschland geglaubt, ja, dann lebten wir heute noch in einem zerrissenen Vaterland. In
ihrer Jugend haben sie sicherlich auch hinter dem deutschen Gedanken gestanden
und wohl nicht nur davon geträumt. Das Deutsche Reich ist uns nicht in den Schoß
gefallen, es wurde mit viel Schweiß und leider auch mit viel Blut zusammenge-
schweißt. Aber es hat sich doch gelohnt, oder?"

„Natürlich."

„Nun, zugegeben, in unserer Politik seit 1871 haben wir nicht immer eine glückliche
Hand gehabt. Aber kein Mensch ist fehlerfrei. Wichtig ist nur, dass wir keinen Schaden genommen haben und unsere Macht stetig ausbauen konnten, insbesondere
im wirtschaftlichen Bereich."

„Aber wir hatten schon einmal mehr Freunde ringsherum."

„Heute sind wir vielen Nachbarn, Dank unseres unbeirrbaren Willens in allen Bereich-
en vorwärts zu kommen, vielfach überlegen und man blickt mit Respekt auf uns."

„Finden sie?"

„Ja, ich glaube es. Was spricht dagegen?"

Vom Respekt zum Neid ist es nicht weit. Achtung kann schnell in Hass umschlagen, wenn Schwächere um ihre Exsistenz fürchten, sich einfach bedroht fühlen.

„Aber ich bitte sie, wir wollen uns doch nicht ganz Europa's bemächtigen."

„Nach außen hin mag es aber manchmal so scheinen."

„Mag sein, um so wichtiger ist es, Stärke zu zeigen."

Im Gegensatz zu seiner gehaltenen Predigt gab er sich nun wesentlich weltlicher.

„Die Zeit wird es uns lehren. Ich kann mir nicht helfen, aber ich sehe nicht so optimistisch wie sie in die Zukunft. Die Welt war schon verteilt, als wir auf der Weltbühne erschienen. Zwangsläufig haben wir uns beim Einmischen in die Interessensphären anderer Mächte nicht gerade beliebt gemacht. Im Inneren haben wir viel erreicht, im Äußeren hege ich große Zweifel." Elise Prüssner seufzte tief.

„Wir können den Lauf der Weltgeschichte nicht aufhalten."

„Vertrauen wir lieber auf Gott. Er wird's wohl gut mit uns meinen. Er hat mich alt werden lassen, wenn auch mein Leben nicht immer einfach war. Aber ich bin zufrieden."

„Das freut mich besonders zu hören."

Inzwischen war von der köstlichen Waldmeisterbowle nichts mehr übrig geblieben.

„Sprechen wir doch von etwas anderem, als von der hohen Politik."

„Ja, erzählen sie ein wenig aus ihrer Jugend."

„Sie meinen wohl von der guten alten Zeit?" Frau Prüssner musste laut lachen. „Darf ich ihnen denn zuvor noch etwas zu trinken anbieten? Vielleicht ein gutes Glas Rheinwein? Für einen besonderen Anlaß lagert schon lange eine gute Flasche in meinem Keller."

„Und heute ist solch ein besonderer Anlaß?"

„Ja, schon lange habe ich mich nicht mehr so angeregt unterhalten können. Wer interessiert sich schon für die Gedanken und Erinnerungen einer alten Frau? Mit ihrem heutigen Besuch haben sie mir eine große Freude gemacht."

Elise Prüssner stand auf und kehrte recht schnell mit einer Flasche Wein zurück.

„Ein sehr guter Jahrgang." Pastor Rosenhäger war gegeistert.

„In meiner Jugend gab es das nicht. Meine Eltern waren mit irdischen Gütern nicht gesegnet. In unserer Familie dominierte die Arbeit, die nur zur Festtagen in den Hintergrund trat. Geschenke gab es nur zu Weihnachten und zum Geburtstag, und auch nur das, was man wirklich brauchte, ein neues Kleid, ein Paar Schuhe, Strümpfe, aber auch regelmäßig ein neues Spielzeug oder eine neue Puppe. Eine besitze ich noch heute und sie ist mir lieb und teuer. Mein Leben wurde dadurch geprägt mit wenigem glücklich und zufrieden zu sein und die kleinen Freuden des Alltags dankbar anzunehmen."

Die Wanduhr schlug Acht. In der Stube dämmerte es merklich.

Elise Prüssner entzündete eine Kerze. Für einen kleinen Moment verstummte die Unterhaltung. Jeder hing seinen Gedanken nach.

Pastor Rosenhäger begann die Anschauung der Jubilarin langsam zu begreifen. Ihr Leben war durch Bescheidenheit und die Sorge um das Wohlergehen ihrer Familie gekennzeichnet. Unter diesem Aspekt betrachtete sie auch das allgemeine Weltgeschehen. Vielleicht sah sie deshalb auch Gefahren, die die Allgemeinheit nicht zu sehen vermochte oder sich bewusst vor ihr verschloß.

Gedankenversunken nahm er einen weiteren Schluck Wein zu sich. Unerwartet Neues an diesem Abend auch für ihn, worüber es sich lohnte einmal nachzudenken.

Sollte der Frieden gar wirklich gefährdet sein? In diesem Moment konnte er sich das zwar nicht vorstellen. Aber es gab ihm schon zu denken, dass das Militär vorgründig eine immer bedeutendere Rolle spielte. Und man konnte nicht verleugnen, dass die internationalen Spannungen in den letzten Jahren immer mehr zugenommen hatten und man von einem freundschaftlichen Miteinander wirklich nicht mehr sprechen konnte, ganz im Gegenteil. Ob er diese Gedanken einmal in einer Predigt verarbeiten sollte?

„Woran denken sie gerade, Herr Pfarrer?"

„An nichts Besonderes."

Er wollte sich nicht verraten. Das vorausgegangene Gespräch hatte ihn ein wenig aufgeschreckt.

„In meiner Jugend machte um diese Zeit noch der Nachtwächter die Runde und verkündete zu jeder vollen Stunde ‚Hört ihr Leute, lasst euch sagen ....' Ja, es war schon ein schönes Gefühl, wenn man wusste, dass jemand für einen wachte."

„Die Zeiten haben sich geändert."

„Und sie werden sich weiter ändern."

„Möge uns der Herrgott dabei begleiten und uns stets den rechten Weg aufzeigen. Und möge er ihnen noch viele zufriedene und vor allem gesunde Jahre vergönnen."

„Das ist sehr lieb von ihnen gesagt. Ich danke ihnen für diese Worte von ganzem Herzen."

„Aber nun möchte ich auch aufbrechen. Vielen Dank für ihre Gastfreundschaft. Es war sehr schön bei ihnen."

„Ich würde mich freuen, wenn sie auch ohne besonderen Anlaß wieder einmal bei mir vorbeischauen würden."

„Ganz bestimmt tue ich das, Frau Prüssner."

An der Haustür verabschiedeten sie sich von einander.

„Herr Pfarrer, schauen sie mal." Elise Prüssner wirkte erschrocken, „der Mond!"

„Rot wie Blut! So habe ich ihn noch nicht erlebt."

„Das hat nichts Gutes zu bedeuten."

„Ja, bald wird es gewittern. Am Horizont wetterleuchtet es schon."

„Eine unruhige Nacht steht uns sicherlich bevor."

Schweigend betrachteten beide eine kleine Weile mit sichtlichem Unbehagen den

langsam aufsteigenden Mond, der dabei zunehmend seine unheimliche Röte ver-

lor.

„Leben sie wohl, Frau Prüssner."

„Vielen Dank für ihren Besuch."

Nachdenklich betrat sie wieder ihr Haus und schloß die Tür.

*

Sein Heimweg durch stille Sträßchen und Gässchen führte Pastor Rosenhäger an

der Dorfschänke vorbei, aus der fröhliche Stimmen erklangen. Heute abend wollte

er aber dort nicht einkehren. Angesichts des drohenden Unwetters wollte er mög-

lichst schnell das Pfarrhaus erreichen.

Aber noch ein weiteres Mal hielt er inne, als er das Haus seines Kantors passierte.

Das Stubenfenster war geöffnet und der Pastor konnte hindurchblicken.

Am Klavier übte sich der Kantor an Beethoven's Mondscheinsonate. Sein feines

Spiel drang an sein Ohr und ließ ihn einen kurzen Moment lauschend verweilen.

Des Kantors Frau Helene, eine sehr fromme Frau, verfolgte andächtig das Spiel ihres Gatten und blickte bisweilen durch das Fenster hinaus, vor dem der Mond

heute zufällig im prächtigstem Goldgelb erstrahlte. Seine anfängliche, äußerst un-

angenehm wirkende, Röte hatte er mittlerweile völlig abgelegt.

Welch ein Augenblick irdischer und himmlischer Harmonie, die durch die sicherlich

bewusste Auswahl des Klavierstückes deutlich unterstrichen wurde.

Im Hause des Kantors wusste man auf der anderen Seite sicherlich auch, dass von

der Natur am heutigen Abend nichts Gutes zu erwarten war und so verflüchtigte man

sich angesichts des größten aufleuchtenden Himmelsgestirns wohl gewollt in eine

kleine Welt der Illusionen.

Das Schwelgen der Frau des Kantors konnte Pastor Rosenhäger unschwer aus der

Tatsache ableiten, dass sie seine Anwesenheit auf dem Gässlein nicht wahrnahm.

Zunehmendes Wetterleuchten veranlaßte den Pastor schließlich doch seinen Heim-

weg fortzusetzen und er wünschte, dass dem Kantorsehepaar noch ein wenig unge-

trübte Beschaulichkeit an diesem Abend vergönnt sein möge. Ihre Stube war nach

Südosten ausgerichtet, abgewandt von dem sich weiter entwickelnden Unheilssze-

nario, würde ihnen also somit noch einige Augenblicke Ablenkung ermöglichen.

Im schwindenden Tageslicht nahm Pastor Rosenhäger noch eine Weile auf der

hölzernen Bank im Pfarrgärtlein platz.

Der Besuch bei der Jubilarin hatte ihn nachdenklich gestimmt. Er konnte sich nicht

mehr daran erinnern, solch ein offenes, weltliches Gespräch geführt zu haben, das

nicht von einem unerschütterlichen Glauben an Deutschland geprägt war. Die Poli-

tik des Reiches war zweifelsohne als besonnen zu bezeichnen. Sicherlich war ihre

Sorge daher nicht ganz unberechtigt.

Sein Blick fiel auf einen prächtigen Rosenstock, der sich neben seiner Bank befand, sein ganzer Stolz. Er stand in voller Blüte. Süße Düfte umschmeichelten ihn, ließen ihn für einen kurzen Moment auch alle seine Sorgen vergessen.

Das letzte Violett verschwand über den Unheilswolken, erste sichtbare Blitze jagten über den westlichen Horizont, während im Osten nun silberhell der Vollmond strahlte, wie ein Bollwerk anmutete, etwas aufhalten zu wollen.

Pastor Rosenhäger fühlte sich zunehmend unbehaglich. Er wusste nicht, was ihn in diesem Moment mehr beunruhigte, die Sorge um die Zukunft Deutschlands, in seiner Predigt angerissen und dann noch im Gespräch mit Frau Prüssner unmißverständlich bestätigt bekommen, oder das über sie bald hereinbrechende Unwetter.

Er verfiel in ein düsteres Grübeln, aus dem er erst wieder erwachte, als ein erstes Donnergrollen deutlich zu vernehmen war, erste Wolkenfetzen nach dem Licht des Mondes griffen und er es vorzog, das Haus aufzusuchen.

Nachdem er eine Kleinigkeit gegessen hatte, suchte er wie an jedem Abend ein wenig Zerstreuung in der Bibel. Diesmal war es die Stelle: ,Alle eure Sorge werfet auf ihn, denn er sorget für euch'(1. Petrus 5, Vers 7), die ihm ein wenig Trost spendete.

Dann trat er an das geöffnete Fenster seines Arbeitszimmer, sprach ein kurzes Gebet und erwartete angespannt den Ausbruch des Gewitters, der nicht mehr lange auf sich warten ließ ....

*

Um sieben Uhr hatten sich die Heidsieks und ihr Gast aus Berlin um einen festlich gedeckten Tisch in der Wohnstube versammelt, auf dessen Mitte ein großer Krug mit Birkengrün angereichert mit frischem Farn stand. Einige Tannenzweiglein lockerten die Tischlandschaft auf.

„Zu solch einem festlichen Essen gehört auch ein schön geschmückter Tisch," entfuhr es verträumt Dorothee, „es ist als ob ich heute in der freien Natur aufgetragen hätte."

Ein Hauch von Frische umwölkte sie und unterstrich diese Aussage. Sonnenstrahlen spielten vergnügt mit Birken- und Farnspitzen, unterstrichen die im Raum eingekehrte behagliche, friedliche Atmosphäre.

Sie sprachen ein kurzes Tischgebet und genossen dann schweigend die wohlschmeckende Mahlzeit.

Zunächst gab es eine klare Hühnerbouillon, gefolgt von Fasanenbrust in Rosmarinsud mit Petersilienkartoffeln und Schwarzwurzeln. Dazu wurde Feldsalat mit Essig und Öl gereicht. Zum Abschluß gab es Schokoladenpudding mit geriebenen Haselnüssen und Vanillesauce. Als Getränke diente zunächst ein herber Frankenwein, abgelöst durch eine süße Elsässer Beerenauslese, bzw. selbstgekelterter Apfelmost.

„Dieses Essen war wirklich ein Hochgenuß." Wilhelm wirkte begeistert.

„Es freut uns, dass es gut geschmeckt hat."

Dorothee schickte sich nun an, die Tafel abzuräumen, um in der Hofküche mit dem Abwasch beginnen zu können.

Der Altbauer wollte noch ein wenig seiner unterbrochenen Arbeit nachgehen.

„Mach nicht mehr zu lange, Vater," rief ihm die Altbäuerin hinterher.

*

Die Abenddämmerung hatte eingesetzt.

Ulrichs Vater entzündete das Öllämpchen auf seinem Arbeitstisch. Im Schatten des Wirtschaftsgebäudes war es merklich dunkel geworden.

Ulrich und Wilhelm sahen dem Altbauern eine Weile bei seiner Arbeit zu.

Wilhelm stupste Ulrich von der Seite an und flüsterte leise:

„Schau einmal, der Mond geht schon auf."

„Blutig rot, direkt unheimlich," und an den Vater gerichtet, „wir sollten nicht zu spät

schlafen gehen. Vielleicht müssen wir noch zeitig heraus. Im Westen und Norden

sieht es nicht gut aus."

Die Unheilswolken, tiefschwarz, bemühten sich wie böse Krakenarme nach und nach

vom Himmelsfirmament Besitz zu ergreifen, noch überdeckt von einem verblassen-

den dunklen, violettroten Schimmer, im Süden nahtlos in ein helles Blau übergehend,

bedingt durch die zunehmende Stärke des Mondlichts, das recht schnell von Purpur-

rot in strahlendes Gelb wechselte und der Landschaft einen Hauch von Silber ver-

lieh. Erste Sterne blitzten auf.

Zwischen Wohn- und Stallgebäude schritten Ulrich und Wilhelm hindurch in das Vor-

gärtlein, wo die Altbäuerin beim Schein einer Kerze auf einem Holztischchen in einer

Gartenlaube von den Mühen des Tages ausruhte.

Wilhelms Blick wanderte zu der kleinen Wehranlage, die den Heidsiekbach staute.

Zur Zeit glich er mehr einem kleinen Rinnsal. Die Glut der letzten Tage war auch an

ihm nicht spurlos vorübergegangen. Nur noch ein leises Glucksen vermochte man

von ihm zu vernehmen.

Ulrich und Wilhelm nahmen neben der Altbäuerin in der Gartenlaube platz und man

erfreute sich an weiteren Berichten aus der Reichshauptstadt.

Mit fortschreitender Dämmerung vernahm man dabei bereits ein erstes leichtes

Wetterleuchten am Horizont.

Im letzten Tageslicht hatte sich die Jungbäuerin nach dem Abwasch in der Hof-

küche noch auf einen kurzen Moment in ihren Gartenteil am Rande des Hauptgebäudes begeben. Sie wollte hier noch nach dem Rechten sehen.

Lina Heidsiek bemerkte dies und meinte zu Wilhelm:

„Holen sie doch Dorothee im Gärtlein ab, sie kann doch bald nichts mehr richtig

sehen."

Nur zu gern ging Wilhelm auf diesen Vorschlag ein.

Dorothee freute sich über ihren Gast und führte ihn durch ihr kleines Paradies.

„Vieles, was wir heute abend gegessen haben, stammt aus eigenem Anbau. Hier

siehst du verschiedene Beete mit Petersilie, Schnittlauch, Sellerie, Rosmarin und

Möhren. Dort gedeiht im Herbst Grünkohl, am Zaune wächst Feldsalat, gefolgt von

Himbeer- und Johannisbeersträuchern. Über abwechselungsreiche Frische auf

unserem Speisezettel müssen wir uns wahrlich keine Sorgen machen."

„Und hier blüht ja Vergißmeinnicht," Wilhelm staunte, „sogar Rosen, Lilien und gar

auch Sonnenblumen."

„Ja, die Blumen bereiten mir eine besondere Freude. Den Boden zwischen den

Rosen muß ich noch ein wenig durchhacken, damit er den baldigen Niederschlag

gut aufnehmen kann. Dann soll's für heute auch genug sein."

Für einen Großstädter wie Wilhelm war dieses Gärtlein ein ebenso ungewohnter

Anblick und während sich Dorothee noch um die Rosen kümmerte, spazierte er an-

dächtig im immer mehr schwindenden Tageslicht zwischen den zahlreichen Beeten

auf und ab. Um die Ecke des Hauses grüßte freundlich der Vollmond.

Nach Beendigung ihrer Gartenarbeit holte Dorothee aus der Hofküche einen Krug

gefüllt mit frischer Buttermilch, gesellte sich mit Wilhelm zu Ulrich und der Altbäue-

rin, die noch in der Gartenlaube saßen.

Das drohende Unwetter hatte sich nun vollständig entwickelt und stand wie ein furchterregendes Gemälde am Himmel.

Mit einer ersten Overtüre begann sich das nächtliche Horrorszenario nun anzuschicken auf den kommenden Schrecken einzustimmen.

Mit zunehmender Dunkelheit vermochte man nun schon bisweilen ein kräftiges Wetterleuchten am Horizont auszumachen, bisweilen auch ganz leise Donner, die aber von den, wenn auch entfernt, klingenden Hammerschlägen des Altbauern vor dem Wirtschaftsgebäude überdeckt wurden und von den sich in der Gartenlaube Unterhaltenden nicht wahrgenommen werden konnten. Der noch immer dominierende Vollmondschein wähnte sie in einer trügerischen Sicherheit, desgleichen die absolute Windstille.

„Schaut einmal," Dorothee wirkte plötzlich erschrocken, "hinter dem Teutoburger Wald wetterleuchtet es ununterbrochen, fast als ob dort ein großes Feuer lodere."

Trotz nun fast völliger Dunkelheit hoben sich einige Gebirgsteile vor dem hell flackernden Hintergrund deutlich ab.

„Es grummelt schon eine ganze Weile."

Der Altbauer war unbemerkt hinzu getreten. Er hatte seine Arbeit erfolgreich beendet und schmauchte nun ein Pfeifchen. In der Windstille verbreitete sich ein herrliches Aroma in der Gartenlaube. Lustige, verspielte Wölkchen stiegen senkrecht empor.

Er hatte eine Flasche selbst gebrannten Weizenkorns mitgebracht.

„Unsere Spezialität, Wilhelm. Wir müssen doch auf ihren Besuch bei uns wenigstens einmal richtig anstoßen."

Wilhelm war davon sehr angetan.

„Kann ich davon eine Flasche mit nach Berlin nehmen?"

„Sehr gern. Aber das Rezept wird nicht verraten." Ulrich lächelte geheimnisvoll.

Bis das Pfeifchen des Altbauern aufgeraucht war, plauderten alle noch ein wenig miteinander.

„So, Lina, laß uns nun in unsere Kammer gehen," fuhr der Altbauer nach dem Genuß eines zweiten Weizenbrandes fort, „vielleicht können wir ja noch eine Mütze Schlaf nehmen bevor das Unwetter ausbricht. Das Jungvolk kann ja noch den weiteren Verlauf abwarten. Dennoch: Allseits eine gute und vor allem friedliche Nacht."

Vom Uhrtürmchen auf dem Wirtschaftsgebäude schlug es Neun.

*

Bevor der Altbauer sich endgültig zu Bett begab, warf er noch einen Blick aus seinem Kammerfenster.

Goldgelber Vollmond noch am Firmament inmitten eines sternenübersäten Himmelszeltes leuchtete ihm entgegen. Ein anmutiges Bild, das für wenige Momente seinen Blick gegenüber der sich anbahnenden, grauenvollen Realität verschließen sollte.

Dunkles Donnergrollen im Hintergrund ließ ihn jedoch aufhorchen und seinen kurzen Traum vergessen lassen.

Er zog seine Zipfelmütze tief über das Gesicht und verkroch sich unter dem großen Federbett neben seiner Frau, die zuvor ein kurzes Gebet gesprochen hatte.

„Schlaf gut, Lina."

„Ebenso, Gerold."

*

Zwischen Ulrich, Dorothee und Wilhelm begann angesichts der eskalierenden Naturgewalten die Unterhaltung zu verstummen.

Sie traten aus der Gartenlaube in den Vorgarten und beobachteten von dort die

weitere Entwicklung des sich unausweichlich zusammenbrauenden, angsteinflöß-
enden Unwetters.

Spürbare Donner wurden hörbar.

In diesem Moment machten die Schreckensgebilde dem Vollmond seinen Platz als
nächtlicher Friedenswächter am Himmel streitig.

Er musste es sich gefallen lassen, dass nun die bitterbösen Mächte der Natur die Re-
gentschaft übernehmen wollten. Er verschwand hinter dem sich nun fast explosions-
artig auseinanderschießenden Wolkenmeer. Nur noch einige besonders helle Sterne
funkelten über dem Dachgiebel. In Kürze würden auch sie verlöschen.

Der erste Akt des apokalyptischen Naturdramas konnte beginnen. Äußerst ange-
spannte Atmosphäre.

Wieder erhellte ein sehr greller, tagheller Blitz die unheimliche Nacht.

Drei Augenpaare starrten in die Dunkelheit.

Dann erkrachte ein Donner, der das Hofgebäude in den Grundfesten erschütterte.

Noch war es absolut windstill, nicht das geringste Lüftchen regte sich. Totenstille,
einmal abgesehen von einem zunehmenden hin und her jagenden Blitzgewirr, das
den Nachthimmel gelbrot durchsprenkelte.

„Unglaublich," murmelte Ulrich, „noch nicht das geringste Anzeichen von Regen.

Laßt uns noch einen Schluck Weizenbrand nehmen. Den können wir sicherlich jetzt
gebrauchen."

Mit zittriger Hand goß er jedem noch ein Gläschen ein. Sein „Wohl bekomm's" ging
in einem erneuten ohrenbetäubenden Donnerschlag unter.

Die Nerven aller Anwesenden waren bis zum Zerreißen gespannt. Irgendwann
musste etwas Schreckliches passieren, das man nicht aufhalten konnte.

Ohne jegliches Flackern brannte die Kerze, als ob nichts wäre.

Als alle ihre Gläschen geleert hatten, vor dem drohenden Unheil verstummt waren, fegte ein erster Windstoß durch die Luft, warf das Holztischchen in der Gartenlaube um. Flasche, Gläschen und die sofort verlöschende Kerze fielen dabei zu Boden. Hastig sammelte man sofort alles auf.

Plötzlich ein gewaltiges Rauschen in der Luft. Eine Wasserwand unter zunehmendem Wind bewegte sich unaufhaltsam vorwärts.

Die ersten Noten einer Sinfonie unvorstellbaren Grauens wurden angestimmt.

„Schnell ins Haus," kommandierte Ulrich.

Sein Aufschrei wurde von dem über sie hereinbrechenden Naturgetöse verschluckt.

Mit lautem Knall fiel hinter ihnen die Tür der Hofküche ins Schloß. Ein Blick durch die Fenster nach draußen wurde unmöglich. Wasserfallartig prasselte der Sturzregen gegen die zu bersten drohenden Scheiben, begleitet von unangenehm grellen, feurigen Blitzen, weiter anschwellendem Donner und aufheulendem Sturm zur Orkanstärke aus nordwestlicher Richtung.

Das Geschirr klirrte im Schrank, die Mauern bebten.

„Einfach unfassbar," stammelte Ulrich. Weder seine Frau noch sein Freund vernahmen seine klagenden Worte. „Um Himmel's Willen, das Wehr! Ich habe das Wehr am Heidsiekbach vergessen zu öffnen!" schrie Ulrich entsetzt auf.

„In diese Hölle kannst du unmöglich hinaus, Ulrich," konterte Dorothee und hielt ihn zurück.

Ohrenbetäubender, taubeneigroßer Hagel hatte eingesetzt.

Inzwischen hatte sich der Heidsiekbach in einen reißenden Strom verwandelt und eine riesige Flutwelle bewegte sich auf das Wehr zu, das diesen Wassermassen natürlich nicht gewachsen war. Es zersplitterte und seine berstenden Teile stoben wie Gewehrsalven durch die Luft, durchschlugen die Fenster der Hofküche und trafen Wilhelm, der mit einer schweren Kopfverletzung und blutüberströmten Gesicht zusammenbrach.

In diesem Moment erschienen mit von Entsetzen gekennzeichneten Gesichtern der Altbauer und die Altbäuerin bezipfelmützt im Nachtgewand in der Hofküche.

„Schnell, schafft Wilhelm in die Stube," rief die Altbäuerin, die sofort den Ernst dieser Situation erkannte.

„Ich hole Verbandstoff!" Dorothee lief in ihr Schlafzimmer.

Auch ohne Licht war die Stube fast ununterbrochen taghell erleuchtet.

„Ich brauche auch Wasser." Das Gesicht der Altbäuerin war kalkweiß. „Vielleicht nur eine harmlose Platzwunde."

Wilhelm stöhnte laut auf.

Orkanböen fegten durch die zerbrochenen Hofküchenfenster, machten auch vor der Stubentür nicht halt, drückten sie ein und wirbelten in der Stube Gegenstände durcheinander. Kostbares Kaffeegeschirr ging zu Bruch, die gefüllte Blumenvase auf dem Tisch zersplitterte in 1000 Stücke, Birkengrün und Farn wirbelten im Raum herum. Unaufhörlich brüllte der Sturm, als läge er im Wettstreit mit dem Donner, wer es wohl am lautesteten könne. Die Grundmauern des Hauses ächzten.

Die beiden Bäuerinnen waren kaum in der Lage, sich um den verletzten Wilhelm richtig zu kümmern.

Es erfolgte eine zwerchfellerschütternde Donnerdetonation verbunden mit noch ohrenbetäubenderem Lärm im oberen Teil des Hauses.

„Das hat eingeschlagen! Ich muß sofort nachschauen."

Der Altbauer sprang regelrecht aus der Stube heraus und hastete die Treppe hinauf. Als er die Bodentür aufriss, kam ihm eine Flutwelle entgegen, die ihn unter bangen Hilferufen, aber unverletzt, ins Erdgeschoß herabspülte, auch vor der Stube und Hofküche keinen Halt machte.

Dort zeichnete sich eine weitere, noch größere Katastrophe ab.

Dumpfes, anschwellendes Grollen war zu vernehmen. Von außen bewegte sich eine gewaltige Mure von der Hohen Egge auf den Hof zu, riss die Gartenlaube und den Vorgarten mit sich zu Tal, brandete gegen die Hofküche, durchschlug alle Fenster und verwandelte diese in eine Schlamm- und Morastwüste. Nur die schnell verriegelte Stubentür verhinderte ein Ausbreiten auf die Stube.

Inzwischen konnte sich der grässliche Orkan in der Hofküche frei entfalten, warf den Geschirrschrank laut krachend um und blies einen Tisch an die Wand, wo er zerbarst und verzierte den Murenschutt mit Geäst und Stroh.

„Wir ersaufen! Schnell bringt Wilhelm in die Knechtekammer im Wirtschaftsgebäude! Hier kann er unmöglich bleiben!" schrie die Altbäuerin verzweifelt.

Alle standen knöcheltief im Wasser.

Zusätzlicher gewaltiger Lärm, auch außerhalb des Gebäudes, durch herumfliegende Gegenstände: Baumteile, Strohballen und andere Dinge. Es war als ob gleichzeitig ein Meteoridenschwarm vorbeizog.

Das höllische Inferno begann von Allegretto auf Fortissimo Furioso umzustellen und sich weiter zu überschlagen. Blitze und Donnern steigerten sich in bisher unbekannte Dimensionen. War eine Steigerung überhaupt noch möglich? Weltuntergangsatmosphäre! Begann gar das jüngste Gericht zu tagen? Öffnete sich nun unter ihnen die Erde und würde alles vernichtend in die Tiefe reißen? Um sie herum ein dämonenhaftes Chaos!

Das Gebäude schien zu wackeln. Erdbebenähnliche Zustände bei bengalischer Beleuchtung!

Die beiden Bäuerinnen mühten sich mit dem mittlerweile völlig bewußtlosen Wilhelm ab. Als Ulrich vor ihnen die Tür zur Deele öffnete, sprang ein klatschnasser Heiko herein und freute sich über seine Rettung.

Der Sturm hatte das Deelentor aufgestoßen und die Deele in einen kleinen Teich verwandelt. Von Vorteil war in diesem Augenblick, dass die, die Treppe herabstürzenden Wassermassen nun den Weg zur tiefer gelegenen Deele suchten.

Der Deelenausgang zum Hof war von Geäst versperrt. Ein Blitz hatte den großen Lindenbaum getroffen. Er war wie ein Streichholz umgeknickt und hatte ein großes Loch in das Dach des Wohngebäudes gerissen, durch das nun unaufhörlich der Sturzregen peitschte.

Mühsam bahnten sich die beiden Frauen einen Weg ins Freie, um schnellen Schrittes über den Hof ins Wirtschaftsgebäude zu gelangen.

Aber das war kein Hof mehr, sondern nur noch ein wüstes Schlachtfeld inmitten eines aufschäumenden, tosenden Sees.

Wie durch Milchglas vernahm man die Glocke des Uhrtürmchens, die Zehn schlug. Es sollte ihr letztes Läuten sein, das Läuten einer Todesglocke.

Im bisher unversehrt gebliebenden Wirtschaftsgebäude war die räumliche Situation noch normal. Die Knechtekammer lag –fensterlos- im Inneren dieses Hauses.

„Lassen wir Wilhelm hier liegen bis sich das Wetter beruhigt. Hier ist er sicher." So glaubten die beiden Bäuerinnen zumindest. „Jetzt aber schnell zurück!"

Ihre beiden Männer erwarteten sie bereits. Ihre Gesichter glichen Totenmasken, keinerlei Worte dafür, dass sich ihnen bietende Horrorszenario zu beschreiben. Grauenvollere Bilder würde Ulrich in seinem späteren Leben an den Fronten des 1. Weltkrieges nicht mehr erleben.

Sowohl das westliche als auch das nördliche Gewitterfrontensystem prallten in diesem Moment in voller Stärke aufeinander und bedingten eine weitere Eskalation der völlig entfesselt tobenden Urgewalten.

Als die beiden Bäuerinnen gerade das Haupthaus erreicht hatten, gab es einen nicht beschreibbaren Urknall. Zwei Blitze in Form eines unheilvollen Kometen, sonnenhell, schlugen zu beiden Seiten des Uhrtürmchens ein und spalteten das Wirtschaftsgebäude in zwei Hälften. Das Uhrtürmchen sauste krachend in die Tiefe. Stichflammen schossen aus dem hölzernen Anwesen, in dem auch große Mengen Heu lagerten. Binnen weniger Sekunden standen die Trümmer in hellen Flammen.

Unfassbar für alle hatte sich das Wirtschaftsgebäude in ein loderndes Flammenmeer verwandelt, eine wahre Feuerwand.

Heiko bellte ohne Unterlaß.

„Wilhelm!" schrie Dorothee entseelt auf. „Rettungslos verloren!"

Der brausende Orkan begann sich in einen wirbeligen Tornado zu verwandeln.

Das Unwetter erreichte nun seinen Höhepunkt. Artillerie- und Kanonendonner waren verglichen mit der Lautstärke der Donner nur noch hochfeine Kammermusik und schien alles Lebendige erschlagen und auslöschen zu wollen.

Die Natur übertraf die menschliche Vorstellung- und Schaffenskraft in diesem Mo-

ment um ein Vielfaches. In einem sich völlig überschlagenden monströsen Fortissimo stellte sie alle Phantasien, die je ein Mensch entwickeln kann um ein Vielfaches
in den Schatten. Ein Vulkanausbruch nahm sich dagegen fast harmlos an, die Hölle
war vergleichsweise ein friedlicher Hort.

Die nach wie vor herabfallenden, sturzbachähnlichen Wassermassen dämmten das
Feuer am Wirtschaftsgebäude jedoch schnell ein. Gleichzeitig entwickelte sich aber
beißender Rauch, der die Trümmerwüste vor den Blicken Dritter verbarg.

Mit diesen Trümmern hatte der sich überschlagende, grässlich heulende, Orkan
leichtes Spiel. Er wirbelte alles wie Staub auseinander.

Erstarrt zu Säulen, fassungslos, von Weinkrämpfen geschüttelt und tränenüber-
strömt, mussten die vier Heidsiekler alles ohnmächtig mit anschauen, nicht mehr in
der Lage überhaupt noch ein Wort über ihre Lippen zu bringen. Lebten sie eigentlich noch? Oder waren sie auch schon wie Wilhelm im Jenseits eingetroffen?

Wie lange sie so versteinert standen, vom Rauch waren ihre Gesichter völlig ge-
schwärzt, wussten sie später nicht mehr.

Im Stallgebäude brüllte völlig verängstigt das Vieh.

Der Kern des apokalyptischen Gewitters war inzwischen langsam weiter gezogen.
Die Niederschläge waren in gleichmäßigen Landregen übergegangen, die Donner
verstummten, der Sturm hatte sich in ein verspieltes Lüftchen verwandelt, lediglich
noch bisweilen grelles Aufblitzen im Südosten.

Dort wo einstmals das Wirtschaftsgebäude gestanden hatte, plötzlich gähnende
Leere, von einigen rauchenden Trümmerteilen einmal abgesehen, als ob dort nie
ein Haus gestanden hätte.

Erquickende Frische hatte die Hitze und Schwüle gänzlich verjagt. Die Natur begann von Neuem aufzuleben, sich von den überstandenen Strapazen zu erholen.

Die Wolkendecke riss auf. Es zeigte sich wieder der Vollmond umhüllt von einem funkelnden Sternengewand, nun als wahrer Garant für Frieden in der Natur für den Rest dieser apokalyptischen Schreckens- und Unheilsnacht. Aber seine Ausstrahlung wirkte nicht so fröhlich wie in anderen Nächten, eher wehmütig und verklärt.

Die Heidsiekler waren vor Entsetzen wie gelähmt. Ulrich blickte starr vor sich hin, nicht fähig das Vorgefallene auch nur annähernd zu begreifen. Er hatte seine Frau Dorothee in Arm, die leise schluchzte. Das Altbauernpaar saß reglos auf einem Strohballen inmitten einer Trümmerwüste neben ihnen.

Waren es Minuten, Stunden ...? Sie wussten es später nicht mehr.

Auch Heiko merkte, dass etwas Schreckliches passiert sein musste. Ruhig verharrte er neben seiner Familie. Ängstlich und verstört irrte die Katze Minka durch das Trümmerszenario und ließ sich schließlich schutzsuchend zu Heikos Füßen nieder.

Im fahlen Mondlicht tauchte plötzlich eine wankende, schlurfende, Gestalt auf.

„Viktoria!!" Die Altbäuerin stieß einen gellenden Schrei aus.

Vor ihnen stand die Großbäuerin der zu Diebrocks, rußgeschwärzt, über und über mit Asche bedeckt, gleich einem Todesengel.

„Mutter, was ist passiert?" Dorothee war fassungslos.

„Alles in dutt ..., Otto ..., Franz ..., alle tot ..., Hof ..., alles in dutt ...," stammelte sie völlig verwirrt. Dann brach sie ohnmächtig zusammen. Sofort wurde sie notdürftig auf Kornsäcken in der Deele gebettet.

*

Als der neue Tag anbrach, besahen sich die Heidsiekler den entstandenen Schaden:

Neben einem Loch im Dach des Wohngebäudes Wasserschäden in der Stube. Die Hofküche war völlig zerstört. Durch die ehemalige Tür der Hofküche trat man ins Leere, die Mure hatte den gesamten Vorgartenbereich auf einer Tiefe von drei Metern fortgespült. Wie durch ein Wunder war das Stallgebäude samt Vieh völlig unversehrt geblieben. Der Heidsiekbach hatte sich ein neues Bett jenseits der Niederen Egge gesucht.

Das nicht weit entfernt liegende Diebrocker Anwesen war bis auf die Grundmauern niedergebrannt, Otto und Franz in der Flammenhölle umgekommen ....

Die einschneidende Bedeutung dieser unheilvollen Schreckensnacht wurde allen Betroffenen an jenem Tag überhaupt nicht bewusst: Ulrich und Dorothee Heidsiek würden nun eines Tages das volle Erbe der zu Diebrocks antreten dürfen ....

*

Bereits im November hatte sich in diesem Jahr der bevorstehende Winter eingestellt und mit weißem Leinen die Landschaft zugedeckt, frostklirrende Nächte folgten.

Im letzten Schein der untergehenden Sonne stritten sich zwei Krähen lautstark um eine magere Beute und ließen sich nicht im geringsten durch drei vorüberziehende Gestalten stören, schwarz gekleidet, farblich ihnen ebenbürtig.

Unter ihren Schuhen knirschte der Schnee bei jedem Schritt. Die Frau hatte sich bei ihrem Mann eingehakt, ein kleines Mädchen hielt sich an ihrem Rockzipfel krampfhaft fest.

Sie sprachen kein Wort. Bisweilen lediglich ein leises Aufschluchzen der Frau.

Ihr Ziel war der kleine Friedhof von Elverdissen, den sie durch eine kleine Holzpforte betraten und dann zwischen den Grabfeldern verschwanden, bis sie vor einem frisch aufgeschütteten Grab stehen blieben, das ganz und gar mit Tannenzweigen bedeckt war. Weder ein Kreuz noch ein Grabstein zierte es.

Die Frau schluchzte laut auf und fiel auf die Knie.

„Gustav, mein kleiner Gustav, warum musstest du uns nur so früh verlassen?" Tränen schossen aus ihren Augen. „Hast niemanden etwas zu Leide getan. Warst doch
unser aller Sonnenschein. Warum nur, warum?"

Waldemar Hochkamp blickte starr ins Leere, nahm den roten Schein der Abend-
sonne kaum wahr. Es entging ihm auch, das erste Nebelschwaden am Horizont erschienen, gleich einem sich ausbreitenden Leichentuch. Ihn fröstelte.

Das Schicksal hatte in diesen Tagen ihre Familie schwer geprüft. Sie hatten ihren
einzigen Sohn sterben gesehen, verzweifelt und hilflos, ohnmächtig zu helfen.

Das Mädchen wirkte nicht minder verstört und versuchte seine Mutter zu trösten.

„Ach, liebe Mutter, ich bin doch auch noch da."

„Aber ja doch. Dich habe ich noch und ich habe dich doch auch nicht weniger lieb
als unseren kleinen Gustav, der das Leben so geliebt hat und bis zuletzt fröhlich war,
obwohl es in seinem Inneren ganz anders aussah. Er hat sein Leiden so unendlich
tapfer ertragen. Nun ist er beim lieben Gott."

Sie blickte zum Himmel und schluchzte erneut laut und herzzerreißend auf. Ihr Leid
verhallte in der Tiefe der Landschaft.

„Mara, beruhige dich doch. Gustav hat es nun gut." Waldemar Hochkamps Stimme
klang brüchig. Auch er war dem Weinen nahe. „Wir müssen nun nach Hause. Mutter
wartet. Sie soll sich nicht sorgen um uns."

Mara Hochkamp erhob sich langsam und drückte dann ihre Tochter Emilie fest an
sich.

„Gustav schläft und hat Ruhe. Wir sollten sie ihm gönnen und müssen nun lernen ohne ihn weiter zu leben, genauso wie bisher." Noch immer rannen unaufhörlich Tränen über ihre Wangen.

„Wir werden ihn niemals vergessen, meinen lieben Bruder."

Langsamen Schrittes entfernten sich die drei trauernden Gestalten, genauso wie sie gekommen waren.

*

Auch auf dem Heidsiekhof hatte es Veränderungen gegeben. Die Wunden der Unwetternacht waren vernarbt.

Viktoria zu Diebrock hatte dort eine neue Heimat gefunden. Auf dem Platz des niedergebrannten Wirtschaftsgebäudes war inzwischen ein Haus aus Stein erbaut worden, in dem die neue Bewohnerin zwei Kammern erhalten hatte.

Die Besitztümer beider Familien waren zusammengelegt worden.

Vier neue Knechte und Mägde waren zusätzlich eingestellt worden, die unter der Leitung des Alt- und Jungbauern die gesamte Landwirtschaft versorgten.

Ein Unwetter hatte zahlreiche menschliche Schicksale grundlegend verändert.

Doch bereits ein Jahr später sollte ein noch größeres „Unwetter" die ganz Welt neu ausrichten, noch unsichtbar am Horizont, doch ein erstes „Wetterleuchten" war bereits vernehmbar ....

G l ü c k

Es dunkelt.

Hastiges Treiben! Abendlicher Berufsverkehr! Grelles Neonlicht von allen Seiten.

Keiner scheint Zeit zu haben. Niemand nimmt Rücksicht auf den anderen.

Technik – lebloser Materialismus, der gleich einer Krake alles Lebendige aufsaugen

und ersticken will.

Und dennoch Leben!

Christine hastet voran und bahnt sich ihren Weg – gedankenschwer.

‚Ich muß Wolfgang treffen, mit Wolfgang sprechen, reden, einfach mit ihm zusammen

sein, seine Nähe spüren.'

Sie schluckt und hat ihr Ziel erreicht: Dani's Corner.

Fast schon ein ironischer Empfang:

„N' Abend Christine. Du wirkst so anders. Vielleicht verliebt?"

„Ist Wolfgang da? Ja?"

„Logo. Du, aber Wolfgang ist nichts für dich. Wenn du willst ...."

Wenn Blicke töten könnten ....

Schummrige Baratmosphäre – die neuesten Hits, Techno, flüsternde Männer ....

„Na, Christine." Hinter der Theke beginnt ein Augenpaar zu leuchten.

„Ralf, das übliche."

„Hier, dein Orangensaft."

Christine starrt wie gebannt mit gesenktem Kopf auf ihr Glas und hält sich mit bei-

den Händen daran fest.

„Mein Gott, warum sieht mich Wolfgang nicht. Er weiß doch, dass ich nur noch wegen ihm allein komme. Wegen keinem anderen."

Die Minuten vergehen, die Zeit verrinnt ....

Plötzlich – Fingerspitzen trommeln auf ihrer Schulter.

„Wolfgang."

„Hallo, Christine."

„Nun?"

Christine trinkt hastig einen Schluck. Flehender Blick, erst ihr Glas verfolgend, dann auf Wolfgang gerichtet, der ihn in nachdenklicher Weise erwidert.

„Du Wolfgang, ich muß mit dir reden. Jetzt und gleich."

„Bitte, Christine, du weißt, dass du mit allen zu mir kommen kannst."

Wolfgang ist Anfang 30 – 11 Jahre älter als Christine – und ist innerlich fasziniert, welche Ausstrahlung er auf diese Heranwachsende ausübt.

„Wolfgang, nur drei Worte: Ich liebe dich."

Nun war es ausgesprochen.

„Bildest du dir das nicht nur ein?"

„Wolfgang!"

Christine sieht ihn fassungslos an. Sie kämpft mit den Tränen. Sie glaubt, sich ihm ganz öffnen zu dürfen .... voll und ganz hingeben zu können ....

Wolfgang greift Christines Schultern. In diesem Moment sind sich ihre beiden Augenpaare näher als selten zuvor.

Christine Lippen bewegen sich unruhig, versuchen Worte zu formen, die aber nicht ausgesprochen werden.

Wolfgangs harte Gesichtskonturen schmelzen. Er wird mit etwas nicht Alltäglichen konfrontiert. Geht es ihm nicht genauso? Ist er nicht feige, es selbst auszusprechen?

Plötzlich fühlt er sich schlecht ... ratlos ... mutlos ... überfordert ... überrollt ....

Er zündet sich eine Zigarette an und bläst die Wölkchen vor sich hin – erst

kleine – dann große, drohende. Sie hüllen ihn ein und weichen nicht von ihm und

tragen ihn aus der Realität heraus.

Atempause.

„Wolfgang, treffen wir uns morgen am Brunnen?"

Kein Ja – kein Nein.

Christine verlässt das Lokal.

Die unerträgliche Spannung weicht nicht, sie nimmt eher noch zu. Grenzenlose Hoffnung auf der einen Seite, Fassungslosigkeit auf der anderen Seite.

*

Christine war noch nie echte Liebe zuteil geworden. Ihr Vater war früh gestorben.

Sie hatte ihn nie kennengelernt. Ihre Mutter hatte sie nie gewollt. Sie schallt immer

mit ihr und versorgte sie nur mit dem Lebensnotwendigsten.

Sie war eine gute Schülerin und konnte ihren Berufswunsch Hotelkauffrau verwirklichen. Mit 16 bekam sie einen Ausbildungsplatz und man würde sie nach Beendigung der dreijährigen Lehrzeit übernehmen. Man war rundum zufrieden mit ihr und

jedermann schätzte sie.

Ihr äußeres abgerundetes Bild täuschte indessen – sie war tief unglücklich – sie

sehnte sich nach einem Partner, für den sie da sein konnte, dem ihr Leben einen

Sinn gab und dem sie menschlich etwas bedeutete.

An einem Abend besuchte sie daheim ihr ehemaliger Klassenkamerad Ulrich. Ihre

Mutter wurde Zeuge dieses Stelldicheins, sah ein solches Treffen als völlig verfrüht an, warf den jungen Mann heraus und titulierte Christine als alte Schlampe.

So wurde sie Stammgast im Bistro ‚Dani's Corner' – erst Dank ihres fabelhaften Aussehens von jedem umgarnt, später jedoch argwöhnisch beobachtet, weil sie alle Annäherungsversuche im Kein erstickte und abwehrte. Sie galt als unnahbar.

Keiner verstand warum.

Einer war nicht wie alle anderen: Wolfgang.

Er hatte in seinem Leben schon verschiedene Partnerschaften hinter sich gebracht. Woran letztlich jede zerbrach. dass war ihm nie richtig bewusst geworden. Er hatte einen reichen Erfahrungsschatz im Umgang mit dem anderen Geschlecht. So schnell konnte ihm keiner etwas vormachen. Er wusste immer wo jedem der Schuh drückte. Häufig beobachtete er Christine. Sie war anders, so anders, dass sie gar nicht in diese Umgebung zu passen schien. Natürlich gefiel sie ihm, sie besaß eine besondere Ausstrahlungskraft.

Zunächst tauschten sie nur Blicke, ausdrucksstärker und inhaltsreicher als tausend Worte.

Dennoch: Sie kamen schließlich auch richtig miteinander ins Gespräch – unter Anwesenheit zahlreicher vertrauter Gesichter, die sie sich schon schelmisch darauf freuten, Wolfgang abblitzen zu sehen.

Aber genau das Gegenteil geschah. Man sah sie einträchtig beieinander sitzen und Christine bisweilen ihren Nebenmann strahlend von der Seite anblickend.

Meist verließ Christine vor Wolfgang das Lokal. Viele schöpften nun neue Hoffnung sich auch gute Chancen bei Christine ausrechnen zu können und wollten Wolfgangs Geheimrezept erfahren. Aber Wolfgang hüllte sich in Schweigen.

Fortan betrachtete man ihn nicht minder missgünstig. Warum war er nicht bereit seinen Gewinn zu teilen?

Alle waren von der Erscheinung Christine geblendet, sie wollten nur das „Eine". Ihre Eifersucht raubte ihnen die Möglichkeit realistisch zu denken und so sahen sie nicht, wie sehr sie in diesem Fall Wolfgang Unrecht taten, obwohl er nicht ohne Grund diesen Eindruck hinterließ. er war halt bekannt dafür, dass er Frauen sammelte wie der Waidmann seine Jagdtrophäen. Zu oft war er in der zurückliegenden Zeit mit häufig wechselnden Partnerinnen gesehen worden. Bei Christine konnte es nicht anders sein. Also unterschied er sich von ihnen in ihren Augen nicht.

*

Wolfgang hatte an manchen Abenden mit Christine zusammengesessen und sie reden lassen und es tat ihr sichtlich wohl, sich bei ihm aussprechen zu können, über das im Alltag Erlebte, über die Sorgen, die sie beschäftigten.

Und Wolfgang hörte zu, gab sich kameradschaftlich und bemerkte erst nach einiger Zeit, dass Christine sich veränderte und in ihm mehr sah als nur einen beiläufigen Gesprächspartner. Von Anfang an war ihm allerdings klar, dass Christine keine Typ nur mal so für eine Nacht oder ein Wochenende war. Er hatte auch nicht die geringste Absicht, Christine in irgendeiner Art und Weise zu nahe zu kommen, sie gar zu bedrängen.

Aber sein Selbstwertgefühl war gewachsen, etwas vollbracht zu haben, was anderen nicht einmal ansatzweise gelungen war, darauf war er schon stolz und sonnte sich ein wenig wohlgefällig in diesem Ruhm.

Bisweilen nahm Wolfgang Christine sogar zu sich mit nach Hause. Er kochte leidenschaftlich gern und freute sich, wenn es Christine bei ihm schmeckte, er sie als Versuchskanninchen für neue Gerichte begeistern konnte, und es ihr auch sonst bei ihm gefiel. Sonst passierte nichts zwischen ihnen ....

*

Christine schläft unruhig in dieser Nacht. Wolfgang schillert in buntesten Farben in ihren Träumen.

Zur gleichen Zeit ergeht es Wolfgang ähnlich.

„Ich liebe dich."

Zum ersten Mal wird er vom Inneren eines Menschen angesprochen, von seinem Lebensbild, seiner Auffassung, seinem Wesen, seiner Stimme, seinem Verhalten, nicht nur von seinem Äußeren.

Es fällt ihm wie Schuppen von den Augen.

‚Auf welchen Wegen bin ich nur die ganzen Jahre gewandert?'

Er beginnt sich zu schämen, dass ihm eine Jüngere die Augen öffnen musste, ihm dem Älteren sagen muß, was Glück bedeutet, ihm das zeigt, was er bisher vergeblich gesucht hat.

‚Was bin ich nur für ein Trottel, dass ich selbst nicht darauf gekommen bin.'

Die Zeit bleibt stehen.

Ein sternengeschmücktes Himmelszelt breitet sich aus und gibt Ruhe, unendliche Ruhe.

*

Am nächsten Tag ist wenig Betrieb rund um den Brunnen.

Gedankenversunken gehen Wolfgangs Augen spazieren – durch die Weite der Natur rings um ihn herum.

Er sieht Dinge, die ihm bisher – schier selbstverständlich – noch nie aufgefallen waren – schlanke, ranke Birken mit ihrem duftenden, satten Grün – ein Wunder

der Natur – doch noch wunderbarer der Mensch.

Er beginnt zu vergleichen: ‚Ich kann mich täglich aufs Neue in die Natur begeben, mich an ihr erfreuen, doch wenn ich mich ihr in frevelhafter Weise nähere, sie verletze, dann zerstöre ich sie. Mit Menschen ist es nicht anders. Sie sind auch nur ein Baustein innerhalb des gewaltigen Spektrums der Natur, genauso verletzlich, wenn nicht noch mehr .... An wie vielen Menschen habe ich mich nur schon vergangen? Hoffnungen vernichtet? Wie Früchte gepflückt, aufgebrochen und verdorren lassen? Ich armer Egoist.‘

Wolfgang fühlt sich klein, schäbig und dreckig, wie ein ABC-Schütze, zugleich aber auch zufrieden, gefasst und dankbar, geläutert und wie neu geboren.

Ein Albtraum endet. Wolken zerreißen, strahlender Sonnenschein ....

Plötzlich steht Christine vor ihm.

„Wolfgang erinnerst du dich noch an gestern abend?“

„Taktvoll war ich nicht gerade.“

„Du warst überrascht.“

„Ich liebe dich.“

„Das wusste ich.“

Nun vergoß Wolfgang ein paar Tränen – Tränen des Glücks.

Zum Autor:

Jahrgang 1954, gebürtiger Ostwestfale, hauptberuflich im Reiseverkehr tätig.

Besonderes Steckenpferd: Eisenbahnjournalismus mit Schwerpunkt Fahrplan-

wesen und –geschichte.

Dadurch bedingt auch an dem namhaften Eisenbahnbuch-Verlag „Lokrund-

schau", Hamburg beteiligt.

Zur Entspannung - nicht fachlich orientiert - sich gern experimentierfreudig

auf dem Schreibpapier mit verschiedensten Themen auseinandersetzend, frei

nach dem Motto: ‚Mal sehen, ob etwas Brauchbares dabei herauskommt' ‚und

dann solange daran herumbasteln bis es gelungen erscheint. Die Erzählung

„Wetterleuchten" bedurfte dreier Vorfassungen. Erst in der vierten Version war

er damit völlig zufrieden.

Möglicherweise gibt es auch eine „Fortsetzung". Ein befreundeter Mitstreiter auf

dem Papier wurde leider mit seinem Manuskriptbeitrag „Berliner Leben", der der

Erzählung vorangestellt werden sollte, nicht rechtzeitig fertig.

Die Kurzgeschichte „Glück" wurde für dieses Buch überarbeitet und gegenüber

der Originalfassung ein wenig gestrafft.

Bad Salzuflen, im Oktober 2003